AF194551

Paul Gisi
Eruptive Gisiaden
Briefe an Ludwig, zweites Buch

Books on Demand

Bibliographische Information der Deutschen Nationalbibliothek: Die Deutsche Nationalbibliothek verzeichnet
diese Publikation in der deutschen National-
bibliographie, detaillierte bibliographische Daten sind
im Internet über http://dnb.dnb.de abrufbar.

© 2018 Autor: Paul Gisi
Umschlagbild: Ludwig Weibel
Herstellung und Verlag:
BoD – Books on Demand, Norderstedt
ISBN 9783752895209

Paul Gisi

Eruptive Gisiaden

Inhalt

Konzert des Kosmos

Lieber Ludwig,

das Elektroöfelchen spuckt behagliche Wärme aus, Du weisst es, ich fühle mich am wohlsten in meiner warmen Muschel. Bei Kerzenschein, Musik und mit Büchern. Antisthenes nachzusinnen – er war Schüler von Sokrates –, er begründete die Schule der Kyniker, sein Ideal ist der tugendhafte, sich selbst genügende, freie, bedürfnislose Weise; wie schön das tönt, doch da meldet sich mein Widerspruchsgeist, denn niemand genügt sich selbst, jeder Mensch ist von andern Menschen mitbestimmt, abhängig. Sich selbst genügsam ist nur Gott, könnte man sagen, ansonsten ist jeder Mensch auch durch die Gemeinschaft der Menschen (der Menschheit) und durch das Geschehen in der Welt mitbestimmt – einen (absoluten, existenziellen) „Sololauf" gibt es nicht. Jeder Mensch ist ein Instrument im grossen Weltganzen, in der Harmonie, im Konzert des Kosmos, so denke ich. Und es gibt auch nicht die einzige mögliche Interpretation einer Sinfonie durch einen einzigen Dirigenten – jeder Dirigent sieht es nuancenreich anders. Im Lauf der Zeiten ändern sich auch die Spielweisen, das absolute Artefakt gibt es nicht. Auch die menschheitsbildenden Gemälde, Skulpturen und Dichtungen werden und müssen von jeder Zeitepoche wieder neu interpretiert und in neue Sinnzusammenhänge gestellt werden. Panta rhei – *alles fliesst* (wird Heraklit zugeschrieben).

Soeben habe ich Dein Mail gelesen – es ist für mich wunderbar, dass Du meine (letzten) Liebesgedichte „Lichthin in deinen schwarzen Pupillen" für Books on Demand machst. Du kennst die Gedichte bis auf das letzte Kapitelchen „Im Erleuchtetsein der Liebe", meine neusten Liebesgedichte aus diesem Jahr. Gerne hole ich Deinen Laptop wieder ab, Du wirst es mir sagen, wann es am besten ist (am Montag geht es mir nicht, da arbeite ich bei Brändle Druck in Mörschwil). Und an einem Vormittag ist es mir eigentlich immer ungünstig, da ich Schlafprobleme habe und meist erst gegen drei Uhr nachts einschlafe, dafür bis ca. 11 Uhr morgens im Bett bin. Ich könnte den Laptop auch einmal abends ca. 18 Uhr im Bahnhof St. Gallen abholen. Wir finden schon einen Termin.

Du bist ein Wunder an Güte und Entgegenkommen, ich danke Dir ganz herzlich.

Dass Du von Werner Bergengruen so viel kennst, freut mich, er ist wirklich ein sehr guter Schriftsteller und Dichter (ich habe siebzehn Bücher von ihm).

Im letzten Brief schrieb ich, dass ich den Schnupfen habe, ich schäme mich, Dir diese Bagatelle mitgeteilt zu haben, verzeih mir.

Herzlich allergrüssestens, Dein Paul

20. 6. 2016

Lieber Ludwig

heute korrigierte ich viereinhalb Stunden bei Brändle Druck in Mörschwil; nach etwa drei Stunden wurde es mir sehr schlecht und die Augen flimmerten, so dass ich kaum mehr etwas sah, doch ich stierte es bis zum Schluss durch; hoffentlich sind mir dadurch keine Fehler entschlüpft. Heute Abend kann ich nur schlecht lesen, die Zeilen hüpfen auf und ab. Der psychologische und finanzielle Druck ist mir einfach zurzeit zu gross.

Kannst Du mir diesen Monat noch etwas Geld geben? Bald kommen ja auf Ende Monat wiederum die grössern Einzahlungen (Miete), und mein Kontostand ist schon massiv gesunken, obwohl ich mir diesen Monat sehr, sehr Mühe gab zu sparen.

Dieses massive Augenflimmern hatte ich jetzt schon das dritte, vierte Mal; einmal kam ich deswegen nur schlecht von St. Gallen nach Hause. Nächste Woche muss ich wieder zum Arzt, ich werde ihm das mitteilen – doch ich halte wenig von diesem Arzt, Dr. Moser in Wolfhalden. Einen neuen Arzt zu finden in Rorschach ist sehr schwierig; Pro Senectute gab mir eine Ärzteliste, zwei Ärzte habe ich bereits angefragt, doch bei beiden wurde mir gesagt, sie hätten einen Patientenstopp wie eigentlich alle Ärzte in Rorschach, sie nehmen keine neuen Patienten mehr, sie hätten bereits zu viele. Die Lage scheint prekär zu sein. Bei beiden wurde mir gesagt, sie nähmen nur noch notfallmässige neue Patienten auf, ich solle bei meinem Hausarzt in Wolfhalden bleiben. Da wird ein Arztwechsel schwierig.

Ich komme auch in die Situation, dass mir die Psychopharmaka, die ich zurzeit habe, etwas zu wenig helfen, die Angstzustände sind manchmal gar nicht schön. Doch bald kommen ja meine Liebesgedichte „Lichthin in deinen schwarzen Pupillen", das wird mir bestimmt wieder Aufschwung geben.

Der „Simon" macht mir ein bisschen Angst, denn er ist sehr freigeistig, grenzenlos, was viele nicht goutieren können, wollen. Er kommt und geht in eine Freiheit des Denkens, des Fühlens, des Sagens – deshalb wohl habe ich bis jetzt keine Reaktionen bekommen. Auch ein „Gisi-Gutgesinnter" scheint bei „Simon" irritiert, verunsichert, ist wohl baff und etwas konsterniert über meine Feurigkeit und Hemmungslosigkeit. Doch ich möchte von „Simon" kein Wort zurücknehmen, ich stehe voll hinter ihm! Ich schreibe eben keine „brave" Literatur für weltlose Töchter und pfarrherrliche Heuchler. – Dies verkrafte ich dann schon! Das „Verschmitzt-Liebliche", das beim „Oleivo" da ist, kommt beim „Simon" nur am Rande ironisch vor, zeitweise „blutet" er gar an der Schöpfung, in der Schöpfung. „Solche Töne" wollen anscheinend viele Menschen gar nicht wissen, lesen. Wer den „Simon" gelesen hat, kann danach keinen Jass mehr klopfen, dem hat es den Atem verschlagen. – Darf dies die Literatur nicht auch leisten? Nun, das letzte Wort über „Simon" ist noch nicht gefallen – meine Zeitgenossen können dies auch nicht gültig in Anspruch nehmen; da werden die nächsten Jahrzehnte Kurskorrekturen vornehmen. Und das stimmt mich für meine nächsten Jährchen sicher.

Es ist schön, Dir, dem Ludwig, schreiben zu dürfen, auch wenn Du nicht alles billigst, verstehst Du doch unendlich viel. Ich wünsche Dir einen schönen Abend und grüsse ganz herzlich als Dein Paul (Simon Dach) ((google einmal Simon Dach))

21. 6. 2016

Mein lieber Ludwig

Nächsten Herbst liest der Schauspieler Philipp Langenegger eine oder ein paar Brosmeten von mir in einem Herisauer Kleintheater vor, in der alten Stuhlfabrik – mit andern Brosmeten von andern Leuten. Ich hätte selbst vorlesen können, doch ich delegierte es (inkl. Auswahl) diesem Schauspieler. Ich lese Prosa schlecht vor, und zurzeit will ich mir diese Energie, diese psychologische Last nicht aufbürden. Wenn ich mag, kann ich ja immer noch als Zuhörer kiebitzen gehen … Doch für mein Gefühl ist das alles noch weit weg, wie nicht existent.

Für heute nur dieses Kurznotat.

24. 6. 2016

Lieber Ludwig,

Freitagnachmitag: Jetzt höre ich Jules Massenets romantische Oper „Esclarmonde" – den „Cid", diese Kriegsgurgel, die Du heute auf dem Klosterplatz open air die Première hörst, habe ich nicht; ich nehme an, es ist ein eindrückliches Erlebnis. Massenet schrieb über zwanzig Opern, sehr vielschichtige, es umfasst die verschiedenartigsten stilistischen Aspekte vom sensationellen Schauspiel der Grossen Oper über das Musikdrama zum Verismus, wobei allerdings die Tendresse und Sentimentalität der Opéra lyrique die stilistische Dominante bilden. „Manon" und „Werther" sind seine populärsten Opern. Mir ist „Esclarmonde" seit Jahrzehnten ans Herz gewachsen; das belkantistische Element dominiert. Und das Orchester ist virtuos brillierend, besonders in den Ballettszenen.

Und zwischendurch muss ich in den Waschraum flitzen, ich mache Wäsche, „Simon der Dichter" ist halt eben noch Hausmann, verflixt (ich müsste wie früher die Noblen Dienstpersonal haben …).

Samstagabend: In der Zeitung kam natürlich ein Bild von „Le Cid", ich schüttelte den Kopf: Was sollen diese zwei Eisenstangengerüste? Provinziell blamabler, billiger geht's nimmer!

Ich bin froh, dass ich diese Baugerüste nicht stunden-lang anschauen musste, bei teilweise noch leichtem Regen. Da geniesse ich weiterhin die Opern in meinem Tusculum, in meiner Muschel mit Wein und Pfeife.

Den Umbruch für „Lichthin in deinen schwarzen Pupil-len" habe ich bereits gemacht (es hat 120 Seiten), jetzt kommen in den nächsten Tagen noch die Feinstkorrek-turen … Ich glaube, das wird ein guter, starker Lyrik-band!

Es war schön, Dich am Freitagabend rasch zu sehen – und ich danke Dir nochmals für Deine grosszügige Un-terstützung, ohne die es mir nicht ginge.

Es wäre herrlich, wenn für „Lichthin" der Umschlag ein Duden-Gelb, poetischer ausgedrückt ein warmes Sonnenblumen-Gelb, ein Teichrosen-Gelb bekommen könnte, wiederum mit einem Deiner genialen Pendel-bilder (auch ein Indisch-Gelb wäre ansprechend).

Ich wünsche Dir von Herzen einen schönen Samstag-abend und grüsse als Dein sehr dankbarer Paul

(Brief von Albert Rutz:)

28. 6. 2016

Lieber Pablo!

Du hast vollkommen recht! Ich bin ein miserabler Faulpelz – Du schreibst mir ellenlange grossartige, kris-talline Briefe – bei Dir zittert das Haus, Du schlägst

Dich mit Anwälten & dem Teufel herum – und ich reagiere mit keiner Silbe!!

Und ich muss sagen, ich lese sie mit wahrem Staunen, mit tiefer Zustimmung, Deine Briefe – ich glaube, Dein wahrer Roman sind Deine Briefe, Pablo!

Und ich empfinde es als eine Ehre, einer ihrer Empfänger, eines ihrer Ziele zu sein.

Und natürlich begleite ich auch Deine Werke mit Neugier und Begeisterung – wobei, Du selber, so wie Du als Mensch, als Künstler, Dichter, als Kauz, als Sonderling bist – liegst mir weitaus am meisten am Herzen. Und ich vermute, dass ich nicht der Einzige bin, der Dich, epi-phan & phäno-menal, so sieht.

Du vereinst viele Persönlichkeiten in Dir, sowohl als Mensch wie als Künstler. Du bist ein Einsiedler, ein Wüstling, ein Säufer, ein Asket, Du redest mit Engelszungen oder speist Feuer wie ein rasender Lindwurm. Mit immer neuen Verwandlungen, neuen Metamorphosen schlägst Du in Bann, schlägst Du in die Flucht. Du oszillierst zwischen Windstille & Orkan, zwischen Eule und Tintenfisch ... Eigentlich kannst nur Du selber Dir gerecht werden, andere können das nicht. Man kann einen Liter nicht mit einer Unze messen, eine Jungfrau nicht als Schlagschatten verwenden. Rhinozerosse traben durch Mühlheim, während ein rostiger Nagel in meines Vaters Kommode quietscht. Der Belehrungen müde, schneuzte er sich ins Haar. Dann brach man auf gen Sansibar...

Du siehst, ich verfalle spontan in den 'Simon'-Slang ... Er ist ein Füllhorn, ein Tintenfass, ein Pulverfass, eine surrealistisch-dadaistische Strolchiade ... Chapeau!

Und weiter stürmst Du zum nächsten Werk ... Ich beneide Dich um Dein Ungestüm, Pablito!

Und demnächst müssen wir unser 'Streitgespräch über den Tod' weiterführen – dazu kommt mir nämlich eine Menge Gedanken in den Sinn!

Empfange dieses auf Bastseidenpapier gekritzelte Kurznotat von Deinem saumseligen Pflastertreter & Frauenverführer, Bücherfresser & Biertrinker, der sich lieber in Strassencafés setzt als in den Drehfauteuil – ergebenst, Dein Don Praeter Propter Alibaster

11. 7. 2016

Lieber Ludwig

„Lichthin in deinen schwarzen Pupillen" ist wohl als mein Liebesgedichtetestament anzusehen – und Das letzte Wort dort heisst „stumm", was (eben stumm geworden) wohl mein letztes Wort in diesem „Liebesbereich" sein wird. Es ist nicht verwunderlich, nach fünfundzwanzig Jahren, ein paar hundert Liebesgedichte geschrieben zu haben, „stumm" geworden zu sein. (Ich bin ja nicht mehr der Jüngste.) „Auf deinen Fingerbeeren tanzt das Weltall" umfasst meine Liebesgedichte von 1995 bis ca. 2011, „Lichthin" jene zwischen ca. 2011 bis heute, 2006, das letzte Kapitel „Im Erleuchtetsein der Liebe".

Ich freue mich riesig, wenn das Büchlein kommt!

Marcel und ich waren noch nicht bei der Caritas-Verkaufsstelle in St. Gallen, ich hoffe, es zeichnet sich dadurch eine Entspannung ab, denn die Haushaltkosten verschlingen zu viel Geld.

Hast Du noch Kontakt mit Albert Rutz? Er ist ein ausgekochter „Oblomow", ein Langweiler und Faultier, jetzt geht er wieder auf Reisen, da wirkt er ganz munter. Er lebt für sein Tagebuch und seine Reisen, ist doch auch etwas. Er schrieb mir einen langen Brief in Vorfreude, wohin er überall gehen wird und wo er bei einer Bahnhofsuhr ohne Zeiger, irgendwo in einem Dörfchen, dessen Name ich nun vergessen habe, sein Bierchen trinken wird.

Bis zu meinem ca. 45 Lebensjahr reiste ich jedes Jahr einige Wochen, das hat sich nun geändert, ich habe kein Geld mehr für Reisen, für Ferien. Im Grunde genommen macht das mir nichts aus, ich reise gern in meinem Drehfauteuil sitzend in meinen Büchern. Nur manchmal kribbelt es mich leicht zu verreisen … Wieder einmal nach Südfrankreich … Doch letztlich ist das keine Wehmut für mich, da ich genügend Welten in mir habe.

Nun freue ich mich uneingeschränkt auf „Lichthin in deinen schwarzen Pupillen", das ich ein paar Zeitungen und Zeitschriften und ein paar Freunden und Freundinnen verschicken werde, da mit einem Kurzbrief. Ich habe auch einen Lyrikerfreund im Tessin (der auf alternative Weise selbstverköstigend lebt und im Selbstverlag schon Gedichte publiziert hat), der sich immer freut, wenn was von mir kommt. Sein ringgeheftetes Werk „wieder wunder werden", gesammelte Werke 2003 bis 2011, ist wirklich ein schönes, gutes Büchlein, Gedichte einer schönen Seele. Wenn Du es beziehen möchtest, melde Dich doch unter Nennung meines Namens

(E-Mail-Adresse folgt), er heisst Felix Güntert, sein Künstlername ist rhino c. rastlos (er ist noch jung, sein Geburtsjahr kenne ich nicht). Seine ersten Werke heissen „pianted", „wahrheit eines reisenden" und „Die wunderbare Schizophrenie des Seins". In „wieder wunder werden" fasst er alles zusammen. Seine Gedichte gefallen mir, auch wenn sie da und dort noch recht holprig und naiv sind. Felix Güntert ist eine schöne Seele, wie man sie sonst kaum anzutreffen vermag. Ich mag ihn; es gibt auch einen Briefwechsel mit ihm (einmalig bei mir gebunden).

Lieber Ludwig, so viel, so wenig für heute Montag Nacht. Ich wünsche Dir einen guten Dienstag, herzlich grüsst Dein Paul

(Brief von Albert Rutz:)

29. 6. 2016

Lieber Pablo!

Das freut mich…!

Ich betrachte mich wirklich als zu Deinem ‚Inner Circle' gehörig.

Und wie ich Dir geschrieben habe – es drängte mich schon seit Tagen, seit Wochen, Dir auf Deine offenen, klaren Briefe zu antworten – manchmal frage ich mich, wie es Dir gelingt, einen so klaren Kopf zu bewahren bei all den Stürmen, die Du zur Zeit durchzustehen hast. Deine finanzielle Situation, Deine Gesundheit – also das hat mich wirklich sehr betroffen gemacht, von Deinem ‚Augenflimmern' zu lesen. Das ist eine ernste

16

Sache! Aber Deine Erklärung – allem voran S t r e s s – finde ich absolut plausibel. Dann die Sache mit Marcel, an dem Du, wie ich weiss, sehr hängst. Gottlob gab es da wenigstens etwas Entspannung!

Da keine Zeit zu haben wirklich kein Argument ist, sputete ich mich gestern, Dir sofort zu antworten & wenigstens eine Antwort, ein ‚Kurznotat' zu schicken!

Nichtsdestotrotz möchte ich anmerken, dass ich in den letzten zwei Wochen mehrmals ‚in die Sätze' kam, und zwar der ganzen Technologie wegen. Windows 10 hat mich ausser Atem gehalten, meine externe Smartphone-Tastatur streikte, mein Handy hatte Macken – & ich schreibe wahnsinnig gerne mit dem Handy auf dieser Tastatur, die nicht mehr als ein Stück Karton ist, etwas salopp gesagt. Ich sitze den ganzen Tag am Bildschirm, deshalb geniesse ich es, wenigstens am Abend, in der Nacht, ohne Computer auszukommen – ich finde es sehr ‚intim', so, in der Stille der Nacht, am Stubentisch, nicht am Büropult sitzend, zu schreiben… Aber eben – da gab es einen längeren Unterbruch.

Anderseits haben sich diverse Ereignisse in meinem äusseren Leben überschlagen – ein Hexenschuss kam hinzu – und ich kam wieder tagelang nicht zum Tagebuchschreiben, und das beunruhigt mich immer sehr. Wieso, das weiss ich nicht … Ist es eine Art Sucht, ein Zwang?! Wirklich festhalten kann man die Ereignisse ja sowieso nicht – aber sicher werde ich mir ihrer viel stärker bewusst beim Versuch, sie festzuhalten.

Das Ganze ist auch merkwürdig, da ich es fieberhaft schreibe, auch mit Gusto, aber kaum je wiederlese. Wenigstens bis jetzt. Das ist echt ein Projekt für die ‚Pan-sionierung' – da etwas Ordnung reinzubringen! Eigentlich halte ich es mit Léautaud, der bei der Erwägung, ob er sein Literarisches Tagebuch tel-quel veröffentlichen solle oder erst, nachdem er es überarbeitet habe, der Unmittelbarkeit und der Ehrlichkeit, der Aufrichtigkeit auch den Vorzug gab. Beim Überarbeiten besteht die grosse Gefahr des V e r f ä l s c h e n s; sei es, dass man selber die ‚Dinge‘ zurechtrückt, oder dass Dritte, was ja sehr oft geschieht und geschah, das machen.

Anderseits denke ich aber auch, also jeden ‚Kafi‘ muss man nicht für die Ewigkeit aufbewahren! Aber wo ist die Grenze? Was ist wichtig, was ist unwichtig? Thomas Manns Tagebücher (die ich kaum kenne) strotzen ja meines Wissens von Trivialitäten – anderseits gebe ich da ausnahmsweise Marcel Reich-Ranicki recht, der dafür hielt, gerade bei einem Mann, einem Autor wie Mann sei es wertvoll zu sehen, wie er im Alltag getickt habe. (Sinngemäss).

Léautaud gebe ich in einem weiteren Punkt völlig recht: Er sagte, man müsse sich immer sofort hinsetzen und seine Notate machen – ‚au fraiche‘ – ‚al fresco‘. Das sehe ich auch so. Am nächsten Tag, nach zehn Tagen sowieso, sieht man das, was passierte, schon wieder völlig anders. Ganz abgesehen davon, dass man das meiste schon wieder vergessen hat. Ich glaube, auch deshalb versetzt es mich in erhebliche Unruhe, wenn ich nicht zum Schreiben komme.

Was Du zu Salinger sagst – Der Fänger im Roggen – kann ich gut nachvollziehen. Ich habe das Buch seinerzeit verschlungen – vor vierzig Jahren! – und irgendwann verspürte ich Lust, das Buch wiederzulesen. Es packte mich jedoch überhaupt nicht… Warum es damals ein Kultbuch war – keine Ahnung. Es war sehr erfrischend… Ich glaube, Ulrich Plenzdorf traf in seinen „Neuen Leiden des jungen W.“ genau diesen Ton

… Sicherlich zeigt der Fall, dass auch ‚Kultbücher' ein endliches Leben haben. Und als Schreiber & Schriftsteller können wir uns natürlich nur wundern, Pablo, wie man es schafft, vom Erfolg eines praktisch einzigen Buches leben zu können, wie es bei Salinger der Fall zu sein scheint. Es gab noch zwei, drei andere Titel und Erzählungen von ihm – ich habe sie zwar, habe sie aber noch nie gelesen. Und auch ein Erinnerungsbuch von einer seiner Ex-Geliebten; wenn, dann würde ich mich zuerst daran machen.

Also – warum sich mit Büchern quälen, die einem nicht liegen, wenn es doch so viele herrliche Bücher gibt?! Wie gesagt, im Augenblick bin ich wieder tief in Stendhal versunken, und dank ihm stiess ich auf die „Vertraulichen Briefe aus Italien" von De Brosses, da Stendhal so grosse Stücke auf den Mann hält. Bin erst an der Einleitung zum Ersten Band, aber es reizt mich. (Abermals 17./18. Jahrhundert; das scheint meine Zeit zu sein. Und die Antike. Wer weiss – vielleicht war ich um die Zeitenwende Flötenspieler bei Trimalchio, und im 18. Jahrhundert Kaleschendiener auf einem französischen Schloss. Ein gewisser Casanova, damals völlig unbekannt, gab mir einen Dukaten Trinkgeld. Das war eine Seltenheit, aber solche Hoheiten hält man in Ehren, mögen andere sie verunglimpfen oder nicht!)

Stendhal – bei einem Eintrag gab es eine Verweisung – Siehe… Ich schlug nach und las: „Dom Pedro Soundso; Stendhal traf ihn in Altona. Dom Pedro sagte ihm, immer, wenn er in eine fremde Stadt komme, erkundige er sich zuerst nach den zwölf reichsten Einwohnern, den zwölf schönsten Frauen und nach dem verschriensten Menschen der Stadt. Dann suche er zuerst den verschriensten Menschen auf, danach die zwölf schönsten ‚Frauenzimmer', und zuletzt mache er sich an die Millionäre."

Das ist doch herrlich! Stendhal – das ist gehobene Verruchtheit, schöngeistige Durchtriebenheit & leidenschaftliche Schwärmerei!

So viel für jetzt und heute – mein Laptop ist übrigens bei Fust zum „Aufpeppen"; ich habe die Gelegenheit im Büro noch genutzt für diese Eildepesche, diesen ‚gemorsten Alpsegen' –

gehab' Dich wohl, lieber Freund,

Dein

Hinrich von & zu Hohenlautern

20. 7. 2016

Lieber Herr Gisi,

Haben Sie vielen Dank für Ihren neuen Lyrikband "Lichthin in deinen schwarzen Pupillen", in dem ich schon einige Perlen an Liebesgedichten entdeckt habe. So beispielsweise das Gedicht "Du", das ein wenig an den Franziskanischen Sonnengesang erinnert und das ich mir für mein Irsee-Seminar "Literarische Techniken" aufheben werde. Ihre Gedichte sind überhaupt wunderbare Beispiele für den Lakonismus in der modernen Lyrik.

Ich habe mir erlaubt, Sie im Anhang noch auf zwei literarische Veranstaltungen hinzuweisen: auf die diesjährige Verleihung des Bodensee-Literaturpreises und auf das 20jährige Jubiläum der Signathur Schweiz, die

Sie sicherlich kennen. Es würde mich sehr freuen, Sie an einer der beiden Veranstaltungen (oder gar an beiden?) anzutreffen.

In diesem Sinne sehr herzlich
Mario Andreotti

31. 7. 2016

Lieber Ludwig,

vergangene Nacht um 2 Uhr las ich das Buch von James Boswell, „Dr. Samuel Johnson. Leben und Meinungen" und das Tagebuch zu den Hebriden zu Ende; dieses Buch hat mir Albert Rutz zum Geburtstag geschenkt, eines seiner Lieblingsbücher. Ich habe ihm bereits über zehn Seiten zu diesem Buch geschrieben, sehr differenziert, sehr lobend, aber auch sehr negativ kritisch. Er hat alles sehr gut aufgenommen, auch wenn er nicht überall meiner Meinung ist. Doch ein Buch „unkritisch" lesen, kann ich unmöglich.

Jetzt lese ich als Amüsement in den „Gesammelten Erzählungen" von Urs Widmer, ein Schweizer Autor, der mir bis anhin immer eher gegen den Strich ging; doch ich muss sagen, diese Erzählungen haben eine kauzige Vielfalt, wie sie mir gefällt.

Zwischendurch lese ich immer wieder im zweibändigen philosophischen Werk von Jean Gebser, „Ursprung und Gegenwart": ein intellektuell hochinteressantes Buch. Das Kapitel „Vom Wesen des Schöpferischen" wird so eingeleitet: „Im Schöpferischen ist der Ursprung Gegenwart" – ein Satz, bei dem ich taumle vor Freude!

Und nochmals zwischendurch lese ich in meinem Christoph Martin Wieland – und Ludwig Weibel.

Auch wenn ich vorderhand nichts mehr schreibe, dreht sich bei mir fast alles um Literatur, um Lektüre. Ich denke oft an Deine ungebrochene Schöpferkraft, Dich bewundernd. Nach meinem Burn-out glaubte ich, nicht mehr lange zu leben, da u.a. mein Blutdruck gefährlich hoch war. Inzwischen ist mein Blutdruck dank Pillen o.k., und auch meine Depressionen sind – dank Pillen, halt immer noch – derart, dass ich mit ihnen umzugehen weiss. Ich kann mit ihnen umgehen auch dank Deiner finanziellen Hilfe. Ohne sie wäre ich verloren …

Im Herbst erscheint eine gewaltige Appenzeller Anthologie, „Literaturlandschaft", in der ich auch mitvertreten bin.

Ende August treffe ich den Schauspieler Philipp Langenegger in St. Gallen, es geht um seine Vorlesung von Brosmeten von mir (und andern Brosmisten) im November im Herisauer Kleintheater „Alte Stuhlfabrik".

In der heutigen Sonntagsausgabe des St. Galler Tagblatts ist ein Artikel von Rainer Stöckli drin über eine „Handschrift"-Faksimile-Lyrikanthologie von 1986, in der ich auch vertreten bin, er zitierte einige Namen, doch mich hat er nicht erwähnt; dieser Stöckli ist und bleibt halt ein abgefeimter arroganter Schurke, der mich schneidet. Vielleicht verstehst Du meinen Hass auf diese st.güllische Schickeria, die mich seit Jahrzehnten links liegen lässt. Nun, ich brauche dieses Gesocks nicht! Die ganze Kulturmafia hier kann mir den Buckel runterrutschen. Ich bin, mit Peter Huchel gesagt, nicht gewillt um Milde zu bitten.

Ludwig, ich wünsche Dir von Herzen einen ganz schönen Abend und morgen am 1. August alles Gute, Dein dankbarer Paul

Du winkst dem Wind zu
es ist
als ob aus dunklen Höhlen
dir jemand zuriefe

    FORT MIT DENKEN
       VERSTAND
          UND VERNUNFT

    (pg)

2. 8. 2016

Lieber Heiliger Ludovico

Ich habe das Gesamtwerk von Johannes vom Kreuz in vier Bänden in meiner Studierstube, er war für mein Leben stets ein Wegbegleiter, und nun beginne ich nochmals, alles von ihm zu lesen. Wie wohltuend ist sein Werk in all dieser heutigen Scharlataneriewelt der Scheingrössen. Zuerst wollte ich Thomas Merton lesen, doch nun begebe ich mich zu seinem grössten Lehrer, Johannes vom Kreuz. Ich beginne mit „Empor den Karmelberg", fahre dann weiter mit „Die dunkle Nacht" (und die Gedichte), „Das Lied der Liebe" und „Die lebendige Flamme", seinen Briefen und Anweisungen. Johannes vom Kreuz, der spanische Mystiker aus dem 16. Jahrhundert, hat mir mehr zu sagen als viele, viele Flittchen und Glimmerwürmchen der Literatur aus dem 20. Jahrhundert! Ich denke mir, das 20.

Jahrhundert hat, weltweit gesehen, eine enorm starke Literatur entwickelt, doch ein Johannes vom Kreuz nimmt es mit allen auf, um es einmal so zu sagen. Einen Urs Widmer zu lesen ist ja sacktoll, doch es vergehen keine paar Jahrhunderte (oder bei ihm bloss Jahrzehnte), da interessiert sich kein Mensch mehr für ihn. Nach der Lektüre von Johannes vom Kreuz begebe ich mich nochmals zu seinem grössten Schüler, Thomas Merton aus dem 20. Jahrhundert. Es ist doch schön, um grössere Dimensionen zu wissen.

Ich bastle innerlich an einer Brosmete herum, „Blick aus dem Fenster", und was ich da alles sehe: das Sternbild „Die grosse Waage", Runkelrüben, Brühwürstchenkessel, Frachtschiffe, ein Opernhaus, Losverkäufer, Faltbootfahrer, Maskenbälle, Spieldosen, Keilschriften, Tintenfische, Nadelbäume, Schabrackenschakale, Purpurmäntel, indische Tempelanlagen usw., ich hoffe, im August kann ich wieder Brosmeten schreiben. Ich habe manche Ideen.

Doch hier ist auch immer die Gefahr nahe des Sichwiederholens, da ich schon seit vielen Jahren Brosmeten schreibe. Doch ich kenne noch manche „Auswege".

Mich fasziniert, wie Du lebst. Ich grüsse Dich herzlich, Dein kleiner Paul

6. 8. 2016

Lieber Zeus Ludovico

Es ist immer wieder verwunderlich, ein bestimmtes Buch zu ergreifen und zu lesen, heute nahm ich die Lektüre von Carl Spitteler wieder auf; seit 1971 habe ich ihn in neun voluminösen Bänden, erst drei habe ich gelesen, und jetzt geht's mit ihm weiter. Ich habe schon einmal geschrieben, dass Spitteler der einzige schweizgebürtige Literaturnobelpreisträger ist, 1919; und heute wird er von der Germanistikzunft belächelt: doch ich finde, er gehört mit Recht zu den Grossen in diesem Metier. Ich stelle ihn an die Seite von Christoph Martin Wieland! (Ich las im Mai 1973 von Werner Stauffacher eine fast tausendseitige Biografie über Carl Spitteler: was für eine Wucht, was für eine Verwunderung.) ((Er war ein bisschen wie Dr. Samuel Johnson ein Saurier zu seiner Zeit.)) Auch in seinen griechisierenden Versepen ist er noch als Helvetier erkennbar, ganz stark natürlich in seiner Prosa (ich meine das positiv), obwohl er zu Hause mit den Seinen in Liestal nur Hochdeutsch gesprochen hat. Er war ein Dandy (ich meine auch das positiv liebenswert).

Ich nehme an, dass Spitteler heute im Germanistikstudium nur noch mit einem Nebensatz bedacht wird, was mich aber nicht hindert, ihn wie effusiv (wie durch Ausfliessen von Lava gebildet) zu lesen.

Am liebsten würde ich in den Briefbänden von Carl Spitteler lesen, doch die gibt es nicht mehr; schade.

Sein Roman „Imago" nimmt das Sigmund-Freud'sche Denken vorweg.

Für heute nur dieses Apokryph, dieser Appendix.

Héla, noch sömmert es wunderbarlich herrligg! Ich schicke Dir ein Grüssestens von Haus zu Haus, Dein Zackenbarsch Paul

Lieber Ludwig

Nachdem ich vor wenigen Tagen beim Immobilienbüro meiner Wohnung erneut schriftlich eine Mietzinsreduktion beantragt habe, hatte ich heute ein längeres telefonisches Gespräch mit dem dortigen Chef; ich habe jetzt den Einspruch der Anwältin fotokopiert und schicke ihm morgen die Unterlagen, er wird mein Anliegen mit der Hausbesitzerin besprechen. Dass die Ergänzungsleistungen abgelehnt wurden, versteht er nicht, er meinte, ob ich nun zu viel Pensionskassengeld ausgegeben habe oder nicht, geht die SVA nichts an, bei meinen tiefen Einnahmen (AHV und Nebeneinnahmen) müsste ich unbedingt Ergänzungsleistungen bekommen. Diese Meinung habe ich jetzt schon von verschiedener Seite gehört. Der Mietzins macht die Hälfte meiner Einnahmen aus, das geht nicht gut. Ich sagte ihm, ich würde die Wohnung unbedingt gern behalten, doch mittel- bis langfristig sei ich nicht in der Lage. Ich werde zu gegebener Zeit Mitteilung erhalten, ob er mir eine Mietzinsreduktion gewähren kann oder nicht (kommt auf die Hausbesitzerin an, das Immo-Büro macht nur die Verwaltung). – Die Türe ist also noch nicht zugeschlagen, es gibt ein Gran Hoffnung.

Heute war ich auf dem Markt der Evang.-ref. Kirchgemeinde Rorschach, wo man billig einkaufen kann, es ging zu und her wie auf einem afrikanischen Markt, viele dunkelhäutige Riesenfrauen mit ihren unzähligen Kindern, die spielten, in einer Ecke ein paar afrikanische Jungs, die kifften; ich fühlte mich sympathisch in eine andere Welt versetzt. Doch das Angebot geht an meinen Möglichkeiten und Wünschen voll vorbei: harassenweise Brot und Äpfel und Gemüse, zum Beispiel Riesenkohlköpfe und mammutlange Lauchstengel, ein grosses Sortiment an Bonbons (bei diesen vielen, vielen Kindern natürlich eine tolle Sache), nun, vielleicht habe ich nicht alles entdeckt, ich gehe nächste Woche nochmals (immer am Mittwoch um 16.30 Uhr werden im Kirchgemeindehaus diese Marktstände aufgebaut), doch das Angebot geht an „meiner" Küche voll daneben vorbei; für Immigranten-Grossfamilien ist das Angebot natürlich passend, für mich als Single (oder für einen 2-Personen-Haushalt) leider gar nicht. Ich kaufe zum Beispiel nie Brot und Frischgemüse, und auch Äpfel sind nichts für Marcels und meine Zähne … Doch vielleicht entdecke ich auch noch Teigwaren und Tomatensauce oder so. Tiefkühlprodukte sah ich keine (Lasagne). Alles in allem scheint die Billiganpreisung leider nichts für mich zu sein.

Ich lese viel Carl Spitteler; vordergründig scheint er einen kleinen (bürgerlichen) Horizont zu haben, es dreht sich alles um „hohe" Liebe und Familienglück oder Familienzerwürfnisse, doch beim aufmerksamen Lesen entdecke ich immer wieder Rebellisches und fast Schalkhaftes. Diese „Würze" macht das Lesevergnügen aus.

Jetzt habe ich noch fünfhundert Franken bis zur nächsten AHV-Zahlung, das sind immerhin noch 26 Tage (pro Tag also 19 Franken), wie ich da durchkomme, sehe ich noch nicht; wohlan, ich gebe mir Mühe.

Heute arbeitete ich dreieinhalb Stunden bei Brändle Druck in Mörschwil, ich begrüsste den neuen Geschäftsführer Herrn Zollinger, wir stellten uns vor; er möchte meinen Korrektureinsatz beibehalten, da atmete ich auf. Ich kann also diesen kleinen Job weiterbehalten, da bin ich sehr froh.

Brosmete kann ich vorläufig auch weiterhin schreiben, trotz neuem Chefredaktor geht's also nochmals eine Runde weiter, auch darüber bin ich froh. So habe ich also (ab September) im Monat ca. 250 Franken Nebeneinnahmen, was ich unbedingt brauche. Auch wenn ich manchmal Mühe habe, wiederum eine Brosmete „zu erfinden" – ich schrieb ja schon viele Jahre Brosmeten –, freut es mich, weitere zu erfinden … Es ist manchmal abenteuerlich schön, nachts eine Brosmete zu schreiben, kann ich doch meine Fantasie etwas wuchern lassen.

Mit Deiner „neuen" Zahlungshilfe bin ich gern einverstanden; vielleicht kannst Du mir die nächste Hilferate von 500 Franken auf **Anfang** des nächsten Monats schicken, bitte auch wieder per eingeschriebenen Brief, es ist sicherer. Was meinst Du?

Ich wünsche Dir von Herzen einen schönen Abend, Dein ewigwährend dankbarer Paul

14. 8. 2016

Lieber Ludwig

dass mir die Ergänzungsleistungen verwehrt wurden, ist staatliche Boshaftigkeit, ausgeführt von feisten Beamten, das kann man drehen, wie man will. Meine ganze Kraft des positiven Denkens wurde gnadenlos überrollt. Dass ich diesen ganzen Saustaat in einen Topf werfe, ist nicht zufällig, auch nicht leichtfertig, leichtwertig. Ich litt darunter.

Wenn ich Dich nicht hätte, Ludwig, wäre ich schon lange tot, so ist es. Ich weiss, ich darf Dir schreiben und

Dich um Hilfe bitten, doch solche Bittbriefe schmerzen mich sehr. Mein Dank gebührt Dir ewig!

Doch ich bin müde, lebensmüde geworden. Ich möchte wieder auf eignen Füssen stehen.

Bei mir wurde die Kraft des positiven Denkens durch den korrupten Staat zur Sau gemacht. Als Lyriker werde ich in dieser erbärmlichen kunstlosen Ostschweiz nicht beachtet, kaputt gemacht. Über Jahrzehnte, da gibt es nichts Positives zu denken. Mir dreht sich der Magen um, wenn ich zurückblicke, wie hochnäsig mich das Ostschweizer Kultursaupack misshandelte. Ich wurde nur hämisch ironisch angeschaut als „Vielschreiberling", obwohl ich der einzige „Ostschweizer" Lyriker bin, der ein passables Werk „hinstellte".

Siehst Du diese Tragik?

ALLE Ostschweizer „Grössen" sahen auf mich hinunter und liessen mich links liegen. Das verzeihe ich ihnen bis zum letzten Atemzug NIEMALS. Was die „Ostschweizer" an Literatur schreiben, ist doch alles asthmatischer Schwachsinn, Lächerlichkeit, Stumpfsinn, Plagiat.

Dass Du, Ludwig, nicht dazugehörst, weisst Du, Du bist echt GROSS, schreibst im Grunde auch keine Literatur, sondern bist ein philosophischer Führer. Du willst die Menschheit auf eine höhere Stufe führen. In zweihundert Jahren bist Du das grösste Geistesgestirn im deutschen Sprachraum, daran zweifle ich nicht. Grösser als Schopenhauer! Der LUDWIG WEIBEL wird alles überstrahlen.

Ich betrachte mein Werk als beendet, denn ich kann in diesem Elend nicht mehr schreiben.

Ich musste so viele Bankbelege etc. herbeischaffen, ich bin nun entgleist, erschöpft. Auch die Zusammenarbeit mit der Anwältin hat mich erschöpft. Es gibt wohl keinen Zweifel, dass mir Ergänzungsleistungen zustünden, doch diese muss ich jetzt – mit Deiner Hilfe – gerichtlich erkämpfen, und wo der Ausgang mehr als unbestimmt ist.

Wenn ich keine Ergänzungsleistungen bekomme, muss ich mein Leben in die Armut führen oder beenden. Der Druck auf diesen Gerichtsentscheid zermürbt mich gnadenlos, lässt mich in Depressionen verfallen. Es sind qualvolle Monate, bis ich weiterweiss. Und da positiv zu denken, ist wirklich die Quadratur des Kreises.

Feuerteuflische Angst
rast
    durch die Ganglien

KARPFENLÄUSE ALLERORTEN

stürzendes Eis

Chöre der Nichtworte
zerreissen mich

        *

Vor der Dunkelheit
zu fliehen
es nützt dir nichts
sie ist immer vor dir

FLUSSMÜNDUNG DES WAHNS

wirf dich
in den Brand
    du musst es tun
        ohne Wenn und Aber
– DAS WELTALL LACHT

(pg)

20. 8. 2016

Lieber Ludwig

Ich bin froh über Dein neues Mail, Ludwig. Ich danke
Dir ganz herzlich.

Zu Marcel ist noch zu sagen: Nach meinem Burn-out,
als ich glaubte nicht mehr lange zu leben, ging es mir
mit dem Pensionskassengeld dennoch sehr gut, und ich
wollte, dass es auch Marcel gut habe und habe ihm ein
ordentliches Sackgeld gegeben. Als alles aufs finanzielle Debakel hinauslief, habe ich ihm das Sackgeld ge-
strichen, und er bekam einfach noch Essen, Trinken
und Rauchen von mir. Seit zwei, drei Monaten hat er
eine Beiständin von der Kesb, und das ist sicher sehr
gut – für ihn wie für mich.

Die Septembermiete ist bereits bezahlt, und vom Oktober an, so werde ich beim Immo-Büro beantragen,
kommt meine Zahlung immer erst Anfang Monat nach
Erhalt des AHV-Geldes, ich hoffe, sie werden das akzeptieren.

Die Krankenkasse dieses Monats ist immer noch nicht
bezahlt, ich kann dies erst einen Monat verspätet nach-

holen. Mit der Zeit machen mir Mahnungen nichts mehr aus, ich bin etwas abgestumpft. Ich will einfach meine Wohnung hier behalten, ansonsten kann ich auch betrieben werden, ängstigt mich wenig. Man kann bei mir ausser Bücher nichts holen. Zudem bin ich bei meinen minimalen Einnahmen, die unter dem Existenzminimum liegen, kaum betreibungsfähig. Und, hélas, ist doch schier ein Vergnügen, dass der grösste Schweizer Lyriker betrieben wird. Eine gute Anekdote für die Literaturgeschichte.

Ich bin sehr bescheiden, doch wenn ich das Gesamtwerk des schweizerischen Literaturnobelpreisträgers Carl Spitteler mit meinem Gesamtwerk vergleiche, darf ich sagen, dass ich künstlerisch besser bin.

Gut 10 Prozent der Schweizer Bevölkerung lebt in beengender, schlimmer Armut, da können die morallosen Politiker noch so viel scharwenzeln, wie sie wollen. Die reiche Schweiz ist ein Privileg von etwa 2 Prozent, dazwischen liegt der Mittelstand, der sich abrackert. Vom echten, mühsamen Leben hat die Oberschicht keine Ahnung.

Du bist reich, lieber Ludwig, und eine Ausnahme, Du bist so gütig, so hilfsbereit, so einfühlsam, ich danke Dir. Du bist ein Ausnahmephilosoph, ein echter „Lehrer" der Menschheit. Deine Schriften überzeugen durch Deine Tat. Das ist einmalig! Du verkündest das „Bessere" – und lebst, tust es. Ich bewundere Dich. Ohne Dich hätte ich schon längst Suizid gemacht. Mit Dir kann ich weiterleben. ... auch wenn es kaum mehr zu einem neuen Buch reicht. Ich bin eben dennoch schwer lebensmüde geworden.

Die elenden Scribenten

11. 9. 2016

Lieber Ludwig,

„Die elenden Scribenten" hat mich wieder gluschtig
gemacht aufs Gesamtwerk von Wolfgang Koeppen, das
ich in einer Kassette in sechs Bänden habe – und ich
mich jetzt wieder aufmache, alles nochmals zu lesen.
Koeppen ist in meinen Augen ein exzellenter, ja genialer Autor, die Sinnlichkeit und Bildhaftigkeit seiner
langen Sätze ist umwerfend. Dann möchte ich auch
wieder meine Lektüre von Hans Henny Jahnn aufnehmen, das ich in acht dicken Bänden habe. Meine Depressionen habe ich nun derart im Griff, dass ich wieder
leselustig geworden bin – und mich dicke Bücher nicht
mehr abschrecken. Hoffentlich bleibt das so. Von Jahnn
habe ich alle Prosa schon mal gelesen, von seinen
Theaterstücken (Dramen) erst wenige, doch jetzt habe
ich „Appetit" auch auf diese.

Es ist verwunderlich, dass ich seit einiger Zeit Zweitle-
sungen Erstlesungen vorziehe, das Déjà-vu-Erlebnis ist
etwas ganz besonders Reizvolles, Anziehendes für
mich. Das hat wohl bestimmt etwas mit meinem Alter
zu tun, doch ich kann es mir eigentlich nicht erklären,
kann diesen „Fall" nicht diagnostizieren (ist ja auch
egal). Koeppen und Jahnn sind zweifelsfrei beide erst-
klassige Autoren (die es „verdient" haben, dass sie Sir
Pablo ein zweites Mal liest)!

Dem Schauspieler Philipp Langenegger sagte ich nun
definitiv ab; wenn er Brosmete von mir vorzulesen gedenkt, kann er sie im Tagblatt-Archiv runterladen und
ausdrucken, mir ist diese Arbeit zu mühsam und zu
wenig wichtig. Ich möchte noch ein paar gute Gedichte

schreiben, das ist mir als Lyriker das Wichtigste. Die Brosmeten interessieren mich nicht mehr sonderlich, als dass ich dafür pro Stück 100 Franken bekomme. Im „Simon" und im „Oleivo" sind einige meiner Brosmeten enthalten, das genügt mir. „Mehr" ist mir eigentlich wurst.

Wenn ich reich wäre, würde ich mich wie John Le Carré in ein Walliser Chalet zurückziehen, keine Interviews geben, bestimmt keine literarischen Aktivitäten entwickeln, nur noch lesen und schreiben, Wein trinken, meine Pfeifen rauchen, klassische Musik und Belcanto hören und den Wolken nachgucken. Dann könnte ich endlich auch mal die zwei Bände von Bernhard von Clairvaux, seine Ansprachen zum „Hohelied Salomons", ganz lesen. – Das wegen Marcel müsste ich mir noch überlegen, ohne ihn wäre alles nichts …

Ich würde in lockern Aperçus und ohne Fisimatenten meine Autobiografie schreiben, ein Buch von etwa tausend Seiten. Es würde ein wildes Fragment.

Du siehst, Sir Pablo O'Hara träumt drauflos (hahaa).

Den Schauerroman „Schloss Otranto" von Horace Walpole (1717 bis 1797) würde ich auch gern lesen; ich werde demnächst bei einer Buchhandlung nachforschen, doch die Erfolgsaussichten sind wohl gering.

Gestern schrieb ich eine neue Brosmete (die mir selbst wiederum gefällt, was lange nicht alle Brosmeten machen): „Unerwartetheiten in einer Nacht". Ich schicke sie Dir gelegentlich.

Es ist schon paradiesisch, problemfrei zu leben, was mir ja auch fast ein ganzes Leben lang gelang. Jetzt bin ich arg in die Bredouille (Bedrängnis) gekommen, ich könnte mir alle Haare ausreissen. Ach, könnte ich das Rad der Zeit (des Lebens) um etwa vier Jahre zurückdrehen, ich würde fast alles besser machen. Jetzt sitze ich in der Tinte und weiss nicht mehr vor und zurück; meine Depressionen sind rein daher bestimmt, dass mein Leben finanziell gesehen absolut unsicher geworden ist. Es ist zum Weinen.

Deine Bücher, Ludwig, machen mir Mut; ich denke mir, ich komme „gut" aus der Sache raus, doch gewiss ist das noch lange nicht.

Ich wünsche Dir weitere heisse September-Sommertage und verbleibe grüssestens als Dein Paul

15. 9 2016

Lieber Ludwig,

gestern Nacht betrachtete ich von meinem Balkon eine Weile den Mond (den Fast-Vollmond), und ein Stern glitzerte aus den Uferlosigkeiten des Weltalls in mein Herz: ich wurde dankbar und schweigsam. Bei astronomischen Dimensionen werde ich ganz klein, unwichtig, demütig, dankbar, dass mir ein paar Atemzüge zu leben auf diesem verlorenen Planeten Erde vergönnt sind. Im Grunde genommen weiss ich nicht mehr, was Religion ist, doch beim Betrachten der Himmelskörper aufersteht eine Religiosität in mir, die mich freut und stärkt.

Manchmal entzieht sich mir die Sprache, als wäre ich ein partieller Prä-Alzheimer, das entsetzt mich – doch kurz darauf lache ich wieder, weil's mir einfällt, das Wort, das ich suchte. Manchmal kommt mir Deutsch wie Chinesisch vor, und ich staune, dass ich überhaupt noch etwas verstehe, es ist alles arg entfremdet, verfremdet. Manchmal kommt mir Deutsch wie ein schwaches Plakat vor, hinter dem nichts als Kleister und Dunkelheit ist. Und da sollte ich noch Gedichte schreiben können, etwas vom Allerschwersten, das mit Sprache möglich ist? Es gibt keinen Zirkelschlag des Quadrats (keine Quadratur des Kreises). Doch der Lyriker missachtet dieses Gesetz – und schreibt seine Lyrik, voilà.

Nur ein filigranes Schlachtross (gibt es das?) kann Lyrik schreiben.

Manchmal fühle ich mich vor dem Abgrund festlich gestimmt (wenn ich gerade keine Depressionen habe). Wenn ich die Welt, die Menschen (die Menschheit) betrachte, rieselt so etwas wie ein Glücksgefühl durch mich: Es ist doch alles halb so schlimm in diesem Theater.

Es ist wie mit einem halb vollen oder halb leeren Glas: die eine Hälfte ist burlesk, die andere tragisch. Doch diesen Abstand zu mir selbst habe ich nicht immer. Ich neige zum Dramatischen, Tragischen …

„Lyrisch" ist weder „halb voll" noch „halb leer", lyrisch wäre ganz voll (die Fülle). Das ist bei mir endgültig vorbei.

Ich wünsche Dir herzlich nur Gutes und Beschwingtes, grüssestens Dein Paul

Lieber Swami Lu

om mani padme hum –
omnia ad maiorem Dei gloriam!

Ich habe immer wieder grosse, schwere Depressionen, Du kennst den Grund, doch jetzt gerade fühle ich mich frei wie ein Vogel, der sich in die Lüfte aufschwingt. Ich bin diesen depressionsfreien Zeiten sehr dankbar – und geniesse dann auch das Leben. Manchmal möchte ich Schluss machen, doch ich bleibe neugierig, was noch geschehen kann (zudem möchte ich Marcel nicht allein lassen, er fiele in ein böses Loch …).

Wenn ich wie jetzt geniale Literatur lese (von Wolfgang Koeppen), wird mein Herz für ein paar Stunden w e i t !

Ich richte mich immer wieder an Deinem Mut aus, an Deinen Büchern, die irgendwie über allem Elend, das die Welt kennt, sind. Doch Du bist kein Schönfärber, Du kennst ALLES – und richtest auf, weist zum Bessern, Schönern, Geistigen, aufs Sein schlechthin hin. Das ist aufatmend etwas Einmaliges.

In diesem Monat konnte ich schon besser „haushalten", auch wenn ich das Ziel noch nicht erreicht habe. Doch ich bitte weiterhin Geduld mit mir zu haben, es kommt bestimmt noch.

Ich lege Dir ein differenziertes Monatsbudget von mir bei, aus dem ergeht, dass ich im Grunde genommen keine Chance habe, über die Runden zu kommen; ich generiere zu wenig Geld, um in dieser Gesellschaft menschlich überleben zu können. Die Mietzinsreduktion, die ich eingab, wurde abgelehnt. Die Krankenkassenreduktion werde ich Anfang des nächsten Jahres eingeben, doch ich erlebe ja dauernd, dass die Gesellschaft, der Staat meine Anliegen missachtet. Irgendwie bin ich gebrandmarkt, stigmatisiert, nur weil ich nach dem Burn-out offenbar zu aufwändig lebte.

Der Staat ist drauf und dran, mich zu vernichten (ich übertreibe nicht). Mit der Zeit kann ich dem nichts mehr entgegenhalten (womit auch?).

Ich möchte Dich bitten, dass Du mir die Oktoberspende eingeschrieben bereits am Montag, 19., oder Dienstag, 20. September, schickst, so dass ich sie am Mittwoch, 21. September, habe, also ein paar Tage früher wie abgemacht – machst Du das, bist Du dazu bereit? Ich habe sonst bis zum 30. September kein Geld mehr – und bin völlig ratlos, wie es weitergehen könnte. Das Geld von 100 Franken für die Brosmete ist schon vorbei, bei Brändle Druck arbeitete ich bis jetzt erst 2,75 Stunden, das gibt mir am 25. September einen Lohn von 90 Franken. Übermorgen Montag arbeite ich bei Brändle nochmals etwa 5 Stunden, was mir 175 Franken einbringt, doch ob das für die nächste Lohnabrechnung noch reicht, ist ungewiss. Ach, es ist halt so, dass ich kaum mehr 5 Stunden am Stück arbeiten kann, es wird mir schlecht und schwindlig, ich weiss nicht, ob ich das noch lange durchhalte – doch ich gebe mir Mühe!

Früher konnte ich achteinhalb Stunden unter Stressbedingungen mühelos arbeiten, heute habe ich Mühe, selbst bei Ruhe ein paar Stunden zu arbeiten. Das Burn-out hat mich fester gepackt gehabt, als ich zuerst annahm. Jetzt sind drei Jahre seit meinem Burn-out vergangen, doch ich fühle mich meist noch sehr schwach und bald müde, bis zur Apathie. Manchmal glaube ich zu spüren, wie mein Leben zu Ende geht. Die aufbrausende Lust zu leben fehlt mir völlig.

Dass Du mir, Ludwig, immer wieder im grossen Massstab geholfen hast und hilfst, ist für mich ein Wunder; dank Dir kann ich menschenwürdig leben. Wie es nächstes Jahr aussehen wird, ist für mich ein Abgrund der Angst, der Depression.

Ich habe mir schon gedacht, in einem Heim wäre es am schönsten, wo ich auch keine Einzahlungen mehr machen müsste, nicht mehr kochen müsste etc., wo ich einfach in einem Zimmer leben könnte bei ein paar Büchern (innerlich nehme ich Abschied von meinen Tausenden von Büchern), doch heute hat mir Marcel zum Beispiel mit einem ganz härzigen Brieflein ein Bier geschenkt, er ist so lieb. Was machte er ohne mich, ich ohne ihn? Nicht auszudenken!

Manchmal gibt es auch Nachtstunden, da höckle ich in meinem Drehfauteuil, höre Belcanto, lege ein Buch weg und Tränen rinnen meine Wangen herunter. Ich sehe dann keinen Ausweg mehr.

Bitte verlass mich nicht, ich brauche Dich.

Ich wünsche Dir, Ludwig, einen ganz schönen Wochenendabend, umarme Dich und verbleibe grüssestens Dein Paul

18. 9. 2016

Lieber Ludwig,

ich bin erschüttert, dass Du mir wiederum entgegenkommst, ich danke Dir ganz, ganz herzlich. Ohne Dich könnte ich nicht überleben. Ich möchte in meinem Leben noch meine letzten Gedichte, „Ausgebrannte Erleuchtung", publiziert sehen – mit der Widmung an Dich. (Es sind bis jetzt 46 Gedichte.) Vielleicht verlege ich sie in meinem eigenen Verlag, der Edition Lucrecia Borgia (es wäre nicht teuer). Doch ich warte ab, ob ich noch ein paar Gedichte schreiben kann. (Zurzeit sieht es nicht so aus.)

Deine ungebrochene stete Schöpferkraft ist genial, ich bewundere Dich. Ich habe in zwei Nächten 46 Gedichte geschrieben (im Grunde waren es natürlich mehr, ich sonderte aus), doch jetzt bin ich wieder für längere Zeit ausgebrannt. Ich bin wohl wie eine Tischbombe, die als kleines Feuerwerk viel Überraschungen bietet – aber schnell ausgebrannt ist. Es ist ein Rätsel, wie viele Bücher ich schreiben konnte bei meiner Veranlagung.

Ich habe bis jetzt 105 Publikationen; Opus 100 gibt es nicht, das habe ich extra schelmisch ausgelassen; Philologen und Germanisten mögen später darüber rätseln …

„Ich lösche dein Feuer mit meiner Zunge": op. 99
op. 100 gibt es nicht
„Nächte des Knurrhahns": op. 101
„Auf deinen Fingerbeeren tanzt das Weltall": op. 102
„Oleivo der Maler": op. 103
„Simon der Dichter": op. 104
„Lichthin in deinen schwarzen Pupillen": op. 105

Die literarische Welt darf ja noch Rätsel bieten, hm.

Ich möchte Dir einfach herzlich danken, Du hast mich gerettet, mit Deiner Hilfe geht es wieder weiter.

Liebste Grüsse, Dein Paul

3. 10. 2016

Lieber Ludwig

Ich danke Dir nochmals ganz herzlich, dass Du einen ganzen Vormittag lang für mich eingesetzt hast und nach Goldach zur Kesb gekommen bist.

Nun werde ich also verbeiständet, und es wird für mich unermesslich schwer, mich nach dieser kurzen Decke zu strecken, doch es ist mir ein Stein vom Herzen gefallen, dass nun alles in „normalere" Bahnen kommen wird. (Ich zahlte bereits ein halbes Jahr lang keine Krankenkassenprämien mehr, es wurde mir eine Betreibung angedroht.) So habe ich also an der Sitzung selbst für eine Beistandsschaft für mich plädiert, da es sonst einfach nicht mehr geht. Ich konnte ein Leben lang nie mit Geld umgehen.

Paul

Im Gesang
des Pirols
   träumt
      das südliche Sternbild
FLIEGENDER FISCH

     Ich schenke dir
     Wein ein
  umarme dich
  ein letztes Mal

       (pg)

10. 10. 2016

Lieber Ludwig

Dein Gruss "von Herz zu Herz" ist einer der schönsten Grüsse, die ich in meinem Leben bekam. Ich danke Dir unendlich dafür.

Deine neuen kurzen Zwei- und Dreizeiler sind wunderbar, ich werde heute Nacht alle lesen, sie sind etwas vom Besten, das Du geschrieben hast: ergreifend im Rhythmus und in der religiös-philosophischen Aussage; absolut überzeugend und bereichernd auch in der konzisen Evokation. Ich staune atemberaubt über Deine "Höhe" und gratuliere Dir zu dieser in vielerlei Hinsicht grossartigen Meisterleistung. Du bist ein Genie, ein grossartiger Mensch, unvergleichbar einmalig.

Über meine finanzielle Katastrophenlage komme ich im nächsten Brief zu sprechen – heute wollte ich einfach meine Bewunderung über Dein neustes Werk aussprechen: darf ich dann dieses Buch bekommen?

Bald bekomme ich zwei Freiexemplare "Ich wäre überall und nirgends", eine Appenzeller Anthologie mit literarischen Texten seit 1900; es versammelt etwa 170 Autorinnen und Autoren (was für eine Inflation!) – ich bin darin (leider) auch mitvertreten. Die Buchvernissage ist am Freitag, 28. Oktober, um 19 Uhr im Zeughaus Teufen. Ich werde nicht hingehen. Ich schicke Dir dann ein Exemplar.

Von Herz zu Herz grüsst Dein Paul

Lieber Ludwig
Philosoph, Epistemologe, Lyriker, Weiser

Bei Erika Burkart fand ich den Satz „Solange wir lieben, existieren wir": das ist doch wunderbar gut! Ich liebe Erika Burkart sehr, sie ist Lyrikerin und Prosaistin; ich habe 25 Bücher von ihr, die lese ich jetzt alle nochmals: ein Fest! Mein Puls pocht unruhig bei der Lektüre, sie bringt vieles von mir zum Mitklingen.

Du weisst es: Nachdem ich die Miete und Salt bezahlt habe, blieben mir noch 400 Franken am 6. Oktober. Davon bezahlte ich mein Bahn-Abo Fr. 73.- (also 35 Franken billiger als bis anhin, da ich nur Rorschach – Mörschwil bezog und nicht mehr St. Gallen), ferner musste ich noch eine Rolle Kehrichtsäcke und drei Kehrichtmarken kaufen, 26 Franken, und vier Passfotos machen lassen für den verbilligten Essensbezug, Fr. 28.-, so verblieben mir nur noch Fr. 273.-, und das für jetzt zehn Tage; jetzt habe ich noch 80 Franken. Ich gab also in zehn Tagen 193.- Franken aus, das sind keine 20 Franken pro Tag (inkl. Tabak).

Ich war letzten Mittwoch nochmals bei der verbilligten Essensabgabe in Rorschach, doch es gab halt wirklich nichts für meine „Küche". Frau Knaus leitet den Bezug des „KulturLegi"-Ausweises ein, dann kann ich im Caritasladen in St. Gallen billig einkaufen; dort wird gewiss mehr für mich Passendes sein (auch die Einkaufszeiten sind täglich). Doch für diesen Ausweis braucht Frau Knaus ein paar Unterlagen (Bank, AHV und so, was genau sagte sie mir nicht). Wegen ihrer Ferien verzögert sich nun alles, was sehr leidig ist.

Anfang der nächsten Woche telefoniere ich Frau Ospelt mit der Anfrage, ob Du mir à conto Geldspende 300 Franken schicken kannst, sonst stehe ich bald da ohne einen einzigen Franken.

Die Geldsorgen sind bleiern schwer, es zerreisst mir schier das Herz. Jetzt bin ich sechs Monate mit der Krankenkassenzahlung im Rückstand undundund, ich kann das nicht auf die leichte Schulter nehmen. Meine Depressionen werden erst aufhören, wenn mein „Lebensschiff" wieder auf volle Fahrt kommt in einem ruhigen Meer …

Deine kurzen Aussagen, Sentenzen mit einem grossen Himmel in sich, sind einmalig, unverwechselbar Ludwig Weibel, etwas vom Schönsten und Besten, das ich von Dir kenne. Sie sprechen mich tief an. Ich freue mich auf dieses Buch ganz besonders, es wird ein Markstein in meinem Leben!

Ich rauche meine Pfeife, ein Rotweinglas zwinkert mir zu, feine klassische Musik tänzelt durch meinen Raum, ich lese Aufzeichnungen von Erika Burkart. Später schaue ich mit Marcel noch einen Film, den er heruntergeladen hat.

Ich wünsche Dir von Herzen einen schönen Samstagabend, morgen einen entspannten Sonntag in Deiner Welt, die Dir am liebsten ist, grüssestens Dein Paul

12. 11. 2016

Lieber Ludwig

Ich tummle mich wiederum in den „Memoiren" des Tennessee Williams, die ich erstmalig als 23-Jähriger mit Begeisterung las, anschliessend lese ich seine Prosabände „Vieux Carré", „Moise und die Welt der Vernunft", „Mrs. Stone und ihr römischer Frühling" und „Acht Damen, besessen und sterblich" nochmals; seine Dramen „Endstation Sehnsucht" und „Die Glasmenagerie", die ich auch habe, werde ich weglassen, ich lese Theaterstücke ungern. Nach Tschechow und Gogol, deren Meistererzählungen mir sehr gefielen und die ich in den letzten Tagen gelesen habe, ist es für mich doch etwas vom Guten, etwas „Moderneres" zu lesen (kann Tennessee Williams noch „modern" genannt werden?).

Gogol hat mir sehr gefallen, doch mit der Zeit wurde ich seiner Hexenwelt etwas müde – ein bisschen kommen sie aus der Rumpelkammer mit abgelatschten Theaterrequisiten, na halt eben Schauerromantik aus dem 19. Jahrhundert. Und Tschechow war mir ein bisschen zu realistisch …

Ich lese wieder Gaetano Benedettis „Botschaft der Träume", ein hochinteressantes Buch. Bei Prof. Benedetti hörte ich einstmalen als junger Primarlehrer Vorlesungen an der Universität Basel.

Heute Abend beginne ich vermutlich mit der Lektüre „Dombey & Sohn" von Charles Dickens.

Ich danke Dir für die wohlwollenden Zeilen in Deinem letzten Mail, sie haben mich mächtig gefreut.

Seit ich stärkere Antidepressivumtabletten habe, habe ich keine Depressionen, keine Angst mehr, ich fühle mich leer wie ein Neubau, in dem noch keine Menschen eingezogen sind. Ich werde mich existenzanalytisch täuschungsfrei genau selbstbeobachten, auch bezüglich der möglichen Nebenwirkungen, was da in mir geschieht. Zur Zeit – für eine kurze Phase – sind diese

Tabletten bestimmt notwendig, doch ich ziele darauf hin, sie bald wieder abzusetzen.

Die dickbäuchige Appenzeller Anthologie „Ich wäre überall und nirgends" (ich bekam zwei Freiexemplare) wird wohl kaum ein Mensch ganz lesen – ich bestimmt nicht. Mundart lese ich sowieso nicht. Und fast 200 Schriftstellerinnen und Schriftsteller in diesen mickrigen bäurischen zwei Halbkantonen (Innen- und Ausserrhoden): was für eine Inflation an Dummheit. Ich schäme und ärgere mich, dass ich mitvertreten bin.

Herzlich grüsst Paul

28. 11. 2016

Lieber Ludwig

Ich vergrabe mich in meinen Nächten in der Lektüre von Julien Green, „Jeder Mensch in seiner Nacht", Alfred J. Ziegler, „Wirklichkeitswahn. Die Menschheit auf der Flucht vor sich selbst", in den Gedichten von Adonis, in einem Buch über die Maya.

Wenn ich weiterhin in diesem Tempo wie jetzt Gedichte schreibe, brauche ich mindestens 300 Jahre, bis ich einen Lyrikband zusammenhabe, doch ich habe die Ewigkeit vor mir, da spielen ein paar Jahrhunderte keine Rolle.

In den letzten Tagen brauchte ich pro Tag zehn Franken, davon vier Franken rauchen – ich bin also in der Armut angelangt. Du wirst mir dieses Jahr noch 300 Franken Spendengeld geben, sehe ich das richtig? Ich frage Dich bald an, ob Du es mir schicken kannst. Doch ich versuche, das „zu strecken" auf Weihnachten und Silvester/Neujahr. Und dann wäre es nicht übel, mein Leben beenden zu können. Kühlschrank und Küchenkasten werden leer.

Ich konnte viele Wochen lang keine Opern mehr hören, da ich diese Leidenschaft nicht mehr vertrug. Gestern hörte ich wiederum Verdi und – weinte vor Freude. Du weisst, ohne Belcanto ist mein Leben sinnlos.

Claudia Vamvas hat mir ihr Buch „Sitze im Bus" geschickt, die Lektüre dauerte kaum eine Viertelstunde. Sie scheint damit recht Erfolg zu haben. Sie hat in Berlin, Frankfurt und Zürich daraus vorgelesen. Mich freut das riesig. Es ist leichte Instant-Kost, das ist offenbar gefragt.

Mein fernerer Freund Daniel Fuchs, der sehr arm ist, hat letzthin in einer Galerie einen ganzen Roman von Samuel Beckett in einem Marathonprogramm von dreieinhalb Stunden vorgelesen: Chapeau! Gottseidank gibt es die künstlerische Verrücktheit noch! (Ich ging nicht, denn meine Depressionen lassen mich abends nicht mehr aus dem Haus gehen. Schade.)

Die 46 Gedichte „Ausgebrannte Erleuchtung", die ich Dir schickte, sollen das erste Kapitel meines neuen Lyrikbandes sein, und fürs zweite Kapitel habe ich erst zwei Gedichte (die kennst Du), den Gesamttitel kenne ich noch nicht. Doch ob ich noch etwa fünfzig neue Gedichte schreiben kann, ist äusserst ungewiss.

Marcel geht es zurzeit nicht gut – doch er ist bewunderungsmässig einfühlend auf mich. Mit seinem letzten Geld schenkte er mir eine Schreibfeder, sagte, es geht dir jetzt nicht so gut, doch Du bist Schriftsteller, du wirst es schaffen. Ich weinte vor Freude (man sagt

Gänsekiel, doch vermutlich ist die Feder von einem Falken).

In den letzten Monaten hätte ich es ohne Dein Spendengeld, Ludwig, niemals geschafft. Und ohne Dein Spendengeld werde ich es auch in den nächsten Wochen und Monaten nicht schaffen, ein Ende zeichnet sich ab.

Meine Wohnung hier bei Marcel ist in Frage gestellt, Du sagtest einmal, Du schaust, dass das so bleiben kann. Ohne Deine Hilfe geht es einfach nicht; für mich ist alles ausweglos geworden.

Die Kesb stellt bei OHO (Ostschweizer helfen Ostschweizern) ein Gesuch, ob sie meine jetzt ausstehenden halbjährlichen Krankenkassenkosten übernehmen, immerhin ein Versuch. Ansonsten ist noch keine positive Meldung von der Kesb gekommen. Die Kesb köchelt die Suppe eben auch nur mit Wasser. Und bei grössern Geldausgaben anstatt -einnahmen kann sie auch nicht zaubern.

Toll ist für mich, ich habe von der Rössli-Buchhandlung einen Gutschein von 95 Franken bekommen, da ich ein guter Kunde war. Ich freue mich jetzt schon auf die Einlösung. Ich denke an Künstlermonografien, Graham Greene usw.

Manchmal bekümmert mich, dass ich von Deiner esoterischen Welt so wenig verstehe, kenne, lese. Doch Du nimmst das ja einem kleinen Lyriker nicht krumm, da bin ich froh.

Lieber Ludwig, ich danke Dir, dass ich Dir schreiben darf, dass Du mich verstehst.

Ich umarme Dich, herzlich grüsst Dein kleiner Zackenbarsch Paul

11. 4. 2017

Lieber Ludwig

Du weisst, ich habe beim „Lyrikpreis Feldkirch 2017"
mitgemacht, ich schickte, wie erforderlich, fünf ano-
nymisierte Gedichte (mit einer Kennzahl versehen) ein,
es machen jeweils zwei- bis dreihundert LyrikerInnen
mit, dass ich also gewinne, ist absolut ausserhalb des
Möglichen. Der erste Preis dotierte 5000 Euro und einen Lyrikband – auf das hin schrieb ich meinen Lyrikband „Teufelsrochengezähnte Nacht". Wenn ich in
zwei, drei Monaten keinen zustimmenden Bericht erhalte, was anzunehmen ist: Machst Du mir diesen Gedichtband nochmals bei Books on Demand?

In diesem neusten Lyrikband wagte ich den Spagat
zwischen den kleinsten Lebewesen und dem Weg der
Erleuchtung, es gibt nichts Vergleichbares in der Literatur, in der Geschichte der Lyrik, ich begab mich da
auf neuste Pfade. Ich habe auch schon negative Mel-
dungen (von Albert Rutz), dass er mein Kleingetier
nicht verstehe, dass ihm diese Sinnlichkeit abstrus und
fremd sei. Nur: ein Albert Rutz versteht von Lyrik rein
gar nichts; sein Notat ist mir also gleichgültig. Als le-
benslanger Bibliothecarus ist er dickflüssig retrograd
geworden. „Neue Schwingungen" ist er nicht mehr fähig aufzunehmen, da ist er zu bockfüssig, zu blockig in
sich selbst verrammelt. Das finde ich schade für ihn.
Einerseits ist er sehr eloquent, doch im Grunde auch
sehr einseitig verbarrikadiert. Wie oft schrieb er mir,
dass er meine Gedichte nicht verstehe. Er ist nicht mehr

fähig, auf Neues in der Lyrik einzugehen; doch er verstand „vom Alten" in der Lyrik auch rein gar nichts. Ich befürchte, er versteht auch von Dir, Ludwig, von Deinen Aphorismen, von Deinem „Nimbus der Verklärten", von Deinen liebevollen Gedichten, von Deinem Generieren neuer Wirklichkeiten, von Deiner „Evolution ins göttliche Genügen", von Deinen „Harmonien der Welten im Gedicht" rein gar nichts, denn er ist ein ausgepuffter, ausgekochter REALIST, bar jeder Poesie, bar jeden Hintergrunds. Er ist weder auf meine Lyrik noch auf meine Prosa jemals eingetreten, er schwadronierte im Lapidaren. Albert Rutz hat viel erlebt, weiss viel, doch in Bezug auf Lyrik ist er ein Spiessbürger. Man spürt sofort, dass er in seinem Leben noch keine drei LyrikerInnen intensiv gelesen hat.

Ich wünsche Dir, Ludwig, einen guten Tag, herzlich grüsst Dein Paul

5. 5. 2017

Lieber Ludwig

Im Internet stellte ich fest, dass bei diesem internationalen „Lyrikpreis Feldkirch 2017" wie bis anhin weit über 500 Lyrikerinnen und Lyriker mit über 2500 deutschsprachigen Gedichten aus Österreich, Deutschland, der Schweiz und Liechtenstein, aber auch aus England, Frankreich, Ibiza, Italien, Marokko, Rumänien, Südtirol, Ungarn und den USA mitmachen – und da einen 1. Preis zu erhalten, ist so gut wie absolut unmöglich.

Ich freue mich riesig, wenn meine „Teufelsrochengezähnte Nacht" bei BoD erscheinen darf, doch warten wir noch etwas ab. (Hast Du mein kleines Nachwort gelesen?) Auch der bibliografische Anhang ist neu, *der* müsste aufgenommen werden.

Heute war ich bei Dr. Moser in Wolfhalden, er reagierte auf meine Mitteilung, dass ich die Tabletten halbiert habe, äusserst positiv, nur meinte er, ich solle die Tabletten halbieren und jeden Tag nehmen, ich hätte es besser (als jeden zweiten Tag eine). Mich überraschte seine Art. Nun werde ich es so halten … Er gab mir keinen festen nächsten Termin, sondern meinte einfach schmunzelnd, ich solle mich wieder melden, wenn ich es für nötig halte. Das gefällt mir natürlich! (Mein Blutdruck ist völlig normal – ha, ich werde also doch noch ein Methusalem.)

Nun habe ich seit ein paar Wochen keine Gedichte mehr schreiben können, das macht mich ganz unruhig. Doch ich kann auf keinen Knopf drücken, damit ich wieder Gedichte schreibe. Die Entstehung eines Gedichts ist sehr komplex, hängt zusammen mit meinem Geist, mit meinem Gefühl, mit meiner Beziehung zum Unterbewussten, mit der Ludizität meiner Nächte, mit dem Strömen meiner Fantasie, mit der Selbstkritik. Das muss alles „funktionieren".

Ich bewundere Deine Fruchtbarkeit, Dein schöpferisches Genie. Ich lebe zurzeit, lyrisch gesehen, nicht einmal auf Sparflamme, ich bin erloschen. Welcher Wind wird mich wieder aufflammen? Du schreibst kontinuierlich aus Deinem Wesen heraus. Ich schrieb immer nur unter seelischem Druck – und wenn der verpfupft war, schwieg ich wiederum einige Wochen.

Dass ich dennoch so viel geschrieben/publiziert habe, kommt mir wie ein Wunder vor, ich verstehe es eigentlich selbst nicht mehr. Meine Werke sind mir irgendwie in eine Ferne gerückt, die ich kaum mehr berühre.

Nun noch etwas zum Schmunzeln: vor vierzehn Tagen schrieb mir Albert Rutz, er schreibe mir morgen einen Brief. Doch es kam tagelang nichts. Da machte ich mir Sorgen um ihn und sprach auf seinen Telefonbeantworter und auf seine Comebox, mailte auch, er solle mir eine Kurzantwort geben – nichts geschah. Heute kam sein Kurznotat, ich solle mir keine Sorgen machen, sondern mich in Geduld üben (Ratschläge hasse ich wie die Pest). Seit Albert pensioniert ist, ist er ein noch grösseres Faultier geworden. (Ich ahnte es.) Er ist abends meist in einer Beiz.

Ich glaube nicht mehr daran, dass Albert ein „grosser Tagebuchschreiber" ist, er verhält sich zu verdeckt. Nun ist er 65-jährig und hat noch keine Zeile aus seinem Tagebuch publiziert – und gedenkt auch nicht daran, etwas zu publizieren. Da ist etwas faul im Staate Dänemark. Aus lauter Faulheit schreibt er wohl keine zehn Seiten …

Wenn ich mich irrte: mea culpa.

Und von BoD denkt er absolut schlecht, negativ. Da ist er ein Narr. Ein arg retrograder Ex-Bibliothecarus.

Es grüsst der alte Zackenbarsch ganz lieb und herzlich, Paul

16. 5. 2017

Lieber Ludwig

Nun habe ich die ersten paar Seiten Deines neuen Buchs gelesen: Du eilst ja von Höhepunkt zu Höhepunkt. „Sensibel für das ewig Heitere" spricht mich ganz tief an (an manchen Stellen denke ich schmun-

zelnd, als hättest Du das für mich geschrieben …).
Manchmal dünkt es mich, als seien es Briefe an mich.
Dass Deine Zeilen mich so sehr im Herzen treffen, ist
doch ein bestes Zeichen. Und Deine Widmung „Niemand
kann im Kosmischen verlorengehen" zeugt von
Deiner hohen Weisheit, die mich sehr beeindruckt. Ich
bin ganz ungeduldig, das ganze „Gepräge eines Göttergartens"
zu lesen, die „Prinzipien von Ruhe, Licht und
Frieden". Ich werde nun täglich in Deinem neuen Buch
ein paar Seiten lesen, sehr langsam und aufmerksam.
Dein innerer strömender Rhythmus ist einfach grossartig,
Dein reicher Wortschatz imponierend. Mir fehlen
die Worte, um meine Begeisterung auszudrücken. Du
hast mich mit diesem Buch reich beschenkt, es wird
mich auffinden in Bewunderung und mit einem immensen
geistigen und seelischen Gewinn. Es ist ein grosses
Kunstwerk, aber noch viel mehr: ein Erbauungsbuch
wie eine Perle. Mit diesem Buchgeschenk hast Du mir
eine kaum fassbare Freude geschenkt und eine noch
nicht ganz abschätzbare Bereicherung.

Wie gesagt: Ich bin ganz unruhig, weiter in diesem
„Göttergarten" zu wandeln, doch dieses Buch liest sich
nicht wie ein Roman, wo man sieben, acht Stunden
oder mehr lesen kann, dieses Buch muss in Ruhe und
mit grösster Offenheit und Intensität gelesen, wie kostbarer
Wein in kleinen Zügen genossen werden.

Ich bewundere Deine Schaffenskraft, die nie nachlässt.
Du hast Dir eine Ebene geschaffen, wo Du aus dem
Vollen schöpfen kannst, kontinuierlich, konstant. Da
bist Du allen Künstlern haushoch überlegen. Zu Deiner
Gipfelhöhe kann man nur bewundernd aufschauen.
Deine Kapitelüberschriften machen mich ganz quirlig
vor Leselust.

Mein Leben ist schön durch Dich, durch Deine Bücher. Für ein paar Bücher „Weibel" kann man ganze Bibliotheken verschachern.

Nun freue ich mich auf morgen, denn dann werde ich wiederum ein paar Seiten von Dir lesen, evtl. am Ufer des Bodensees. Übrigens auch die Aufmachung, das Buch an sich ist wunderschön gelungen.

Herzlich grüsst Dein Paul

17. 5. 2017

Lieber Ludwig

Nun lese ich wiederum in einer Biografie (mit viel Bildmaterial) über Theodor Fontane, von Hans Scholz. Mich interessierte Fontane ein Leben lang. Es ist hochinteressant. Ich will wiederum Werke von Fontane lesen, auch seine fünfbändige „Wanderungen durch die Mark Brandenburg", Band 1 „Die Grafschaft Ruppin", Band 2 „Das Oderland", Band 3 „Havelland", Band 4 „Spreeland", Band 5 „Fünf Schlösser". Auch seine Romane (besonders „Der Stechlin"), seine Autobiografie, seine Briefe, seine Tagebücher, seine Balladen, Aufsätze und Theaterkritiken usw. Es ist ein Genuss sondergleichen, Fontane zu lesen. (Er ist wohl einer der bedeutendsten Stilisten der deutschen Sprache – und immer wieder blitzt ein grimmiger Humor auf.)

Albert Rutz hat mir den Abschied gegeben, er will keine Briefe mehr von mir, ich bin ihm offensichtlich zu sehr auf die Pelle gerückt. Da sage ich nur: henu, gescheh nichts Schlimmeres. Albert hat gewiss grosse Befähigungen, doch sein faultierhaftes Wesen behagte mir ganz und gar nicht. Ich wusste es, dass er nach seiner Pensionierung noch fauler würde. Sein bourgeoiser Habitus mit seinen Belehrungen brachten mich zur Weissglut, was ich ihm auch offen und unmissverständlich klarmachte. Dass er nun genug von mir hat, erleichtert mich, denn ich ertrug diesen Schwerenöter nicht mehr. Ich bat ihn um Verzeihung, doch er tritt nicht darauf ein. Soll er zur Hölle fahren!

Das (mein) Leben besteht halt nun mal aus Flut und Ebbe, Sturm und alkyonischen Zeiten, ich will mich da nicht verleugnen. Was mich rasend machte bei Albert, war, dass er sich als Künstler (Tagebuchschreiber) sah, doch nun ist er 65-jährig, und es gibt noch keinen Satz von ihm. (Vielleicht zeigte er mir auch nichts, weil er Angst hatte, ich zerfetze ihn …) Ohne Albert fühle ich mich wie ein Heissluftballon, der, um aufzusteigen, einen Sandsack abgeworfen hat: sehr erleichtert. Zudem wurmte es mich halt auch, dass er meine Lyrik nicht verstand, sie ablehnte. Er fand meine Metaphorik als misslungen. Da denke ich halt schon: er soll zum Teufel gehen. Er ist absolut retrograd. Und da bin ich nicht gewillt, um Milde zu bitten (um mit dem grossen Lyriker Peter Huchel zu reden).

Du hättest mit Eleganz alles vortrefflicher gestaltet, doch ich bin ein alter Zackenbarsch, der nicht gewillt ist, seine Zacken zu verbergen …

Du bist ein grosser weiser Mann wie Sri Aurobindo, ich bin nur ein kleiner Lyriker im Mahlstrom des Lebens – doch ich darf sagen, was auch geschieht, ich bleibe mir selbst treu in den Zerklüftungen meiner Gedanken und Ansichten. Wenn etwas krumm ist, sage ich krumm – und nicht gerade. Ich liebe meine Schroffheiten, und wenn mir das als intransigent ausgelegt würde, lache ich schallend. Ich werde mich niemals unter einer

Mehrheitsmeinung ducken. Und wer meine Lyrik nicht mag wie Albert (obwohl er in seinem Leben wohl noch niemals zehn Minuten Lyrik gelesen hat), der soll – ich wiederhole mich – zum Teufel fahren. Das Leben ist zu kurz, um Kompromisse einzugehen. Ich denke mir auch, das Leben ist zu kurz, um aufzuräumen, um zu putzen, um gesellschaftsfähige Kleidung zu tragen. Es geht nur um die KUNST, und die ist nie repräsentationsfähig, sie steht immer im Abseits. Van Gogh war nie „in" (die meisten Impressionisten auch nicht, die Expressionisten auch nicht usw.). Was zählt, bleibt in unserer Gesellschaft wie seit je unbeachtet, ja missliebig.

Manchmal würgt es mich wie ein todkranker Hund, dass ich in Armut versinke. Ohne Geld ist man in dieser neurotisch-elektronischen Gesellschaft ein Unterhund, ein blamables Nichts. Meine knallharte Beiständin gab mir diesen Monat 500 Franken, Nebeneinnahmen habe ich in diesem Monat nur 200 Franken, und mit 700 Franken sollte ich auskommen? Ist das noch menschenwürdig? Ich muss nächste Woche mit Frau Näscher ernsthaft reden. Ich musste in diesem Monat Putzsachen kaufen, einen Schrubber, Abfallsäcke, Bahn-Abo, nach Wolfhalden und St. Gallen fahren, Baldrian und Aspirines zulegen usw. Das zählt sich alles wie verrückt …

Da ich mir auch keine Bücher mehr kaufen kann, gehe ich zur Kantons- und Stadtbibliothek St. Gallen, ich habe mit meiner Kultur-Legi-Karte von der Kesb 50 Prozent Ermässigung. Lieber Ludwig, kannst Du mir nochmals einen Zustupf schicken? Ich kann den neusten Adolf Muschg „Weisser Freitag" und Georges Haldas Gedichte nicht kaufen, ich kann überhaupt nichts mehr kaufen, doch ich hoffe nun in der Bibliothek auf vieles zu stossen, was ich noch lesen möchte

(Elsa Morante, Alberto Moravia, Kuno Rauber, Walter Vogt usw.).

Ich habe allergrösste Fehler in meinem Leben gemacht, und dafür werde ich nun büssen müssen bis zu meinem letzten Atemzug. Die Pro Senectute lehnte es auch ab, die Krankenkassenprämien zu übernehmen, es wird ALLES abgelehnt, was mir das Leben erleichtern könnte. Ich bin gebrandmarkt. Das Versicherungsgericht lässt mich schmoren – obwohl der negative Ausgang leider (fast) klar ist.

Nun nehme ich Dein Buch „Sensibel für das ewig Heitere" in die Hand und werde mich mit ihm ans Bodenseeufer setzen. Ich freue mich auf die Lektüre.

Ich schickte Dir auf Dein Handy ein MMS.

Es war wunderschön, am Seeufer in Deinem neusten Buch zu lesen. Ich fühlte mich nach der Lektüre recht gestärkt, nicht mehr mutlos.

Herzlich grüsst Dein Paul

17. 5. 2017

Lieber Ludwig

Ich habe nun mehrmals mich bemüht, mit Albert Rutz wieder ins Einvernehmen zu kommen, doch er bockt und schweigt.

Meine neusten Gedichte haben viel mit "Wind" zu tun, werde schauen, ob daraus ein ganzer Band wird.

Wenn ich in zwei, drei Wochen nichts von Feldkirch höre, frage ich Dich an, ob Du meine Gedichte "Teufelsrochengezähnte Nacht" bei BoD machst, doch ich würde Dir eine ganz neue Word-Datei schicken, von A bis Z, es ergaben sich ein paar Änderungen, neu bis zum neusten Anhang.

Ich wünsche Dir von Herzen einen schönen Abend (es geht mir immer wieder psychisch schlecht, doch dann wandle ich in Deinem "Göttergarten", und es geht mir besser).

Liebe Grüsse von Deinem Paul

1. 6. 2017

Lieber Ludwig

Letzthin las ich einige Romane von Elizabeth Goudge, es sind sehr lebenszugewandte spannende Bücher, und jetzt stecke ich im grossen Roman „Zenos Gewissen" von Italo Svevo, der mir sehr gefällt – und doch bringe ich das Gefühl nicht weg, dass diese Bücher zu lesen ein klein bisschen Lebenszeitverschwendung sind, verglichen zu Pablo Neruda, van Gogh (Briefe), Antoine de Saint-Exupérys „Stadt in der Wüste", Ludwig Weibel und Teilhard de Chardin, die alle Lebensbereicherung sind. Ich versuchte Sri Aurobindo zu lesen, doch der ist mir zurzeit zu schwierig, ich verstehe ihn kaum (ich verschiebe ihn auf die nächsten langen Winternächte).

60

Heute sprach mich in der Innenstadt von Rorschach ein Mann an, der mich von den Zeitungspublikationen her kennt, und der sagte, er freue sich immer auf meine Brosmeten, sie seien mit Abstand die besten. Das freute mich halt auch ein bisschen. Zudem erinnert er sich an das „Philosophische Café" in Heiden, als ich das Wort ergriff und zornig ein Gewitter losliess, anschliessend schrieb ich einen Zeitungsartikel, und eben der, der mich in Rorschach ansprach (ein Herr Ivo Dörig, er studierte Philosophie) erinnert sich noch an diesen Artikel und vergnügt sich noch heute daran, viele Jahre danach. So ein spontanes Treffen macht eben auch Spass. Wir unterhielten uns über Schopenhauer (er wusste ungleich mehr als ich).

Die Beiständin gibt mir monatlich 700 Franken, mehr nicht mehr (und dazu kommen noch meine Nebeneinnahmen von etwa 200 Franken), so dass ich monatlich auf 900 Franken komme, im Juli und August fallen die Zeitungskolumnen weg, da es eine Brosmete-Pause gibt, so werde ich also noch weniger haben. Ich nähere mich der Quadratur des Kreises im Überleben-Wollen.

Heute gibt es bei feiner klassischer Musik, Wein und Pfeife – so halt mein „Ritual" – einen Leseabend (wie eigentlich immer).

Für die Pfingsttage wünsche ich Dir Gottes Segen und herzlich alles Gute, Dein Paul

Lieber Ludwig,

ich hoffe, Du hast schöne Pfingsttage. Ja, das ist etwas vom Schönsten, das Bewusstsein über das Sein.

Ich bat meine Beiständin, mir 600 Franken zu überweisen, da schrieb sie mir, sie hätte bereits 100 Franken überwiesen, doch das war im letzten Monat, sie überweise mir nur 500 Franken. Sie könne mir monatlich nur 700 Franken überweisen, gegen Ende dieses Monats also nochmals 100 Franken. So bekomme ich in diesem Monat nur 600 Franken. Meine Nebeneinnahmen machen etwa 200 Franken aus, so komme ich auf 800 Franken, was mir niemals reicht!

Die Transparenz fehlt bei der KESB total.

Das mit dem Sozialamt ist definitiv vom Tisch, es zahlt mir nichts, weil ich mit meinen Einnahmen leicht über dem bin, was sie zahlen. Da gibt es also definitiv keine Hilfe mehr.

Wenn Du meiner Beiständin telefonieren wolltest, wäre das sicher gut, doch ich bitte Dich, auf keinen Fall zu erwähnen, dass Du mir schon mehrere Zustupfe gegeben hast, das würde sofort negative Auswirkungen für mich bedeuten.

Meine Beiständin: Frau Näscher, Tel. 071 844 58 32.

Wenn ich monatlich nicht 1100 Franken für die Lebenskosten habe, habe ich kein menschenwürdiges Leben bei diesen Kosten.

Es ist so. Die Wohnungsmiete ist zu hoch, die Einnahmen sind zu gering. Doch die Wohnung ändere ich nicht, eher denke ich an Selbstmord. Ich habe bereits 28 Bananenschachteln voller Bücher entsorgen müssen, nochmals abzubauen, kommt nicht in Frage! Ein Leben ohne die jetzige Hausbibliothek wird mir sinnlos, das kann wohl niemand verstehen, der selbst nicht Schriftsteller ist. Es blutet noch täglich, dass ich so viele Bücher nicht mehr habe. Mein Geist zum Sein ist abhängig mit meinen Büchern. (Zudem kosten Zügeln und Wohnungsreinigung über 3400 Franken, und die sind nicht da.)

Zudem ist mein bester und liebster Freund Marcel in der Wohnung über mir, das heisst, er ist eigentlich dauernd in meiner Wohnung, was sehr schön ist. Wenn mir das genommen würde, möchte ich nicht mehr sein.

Ich muss nun bis zu meinem Lebensende büssen, dass ich mein Pensionskassengeld innert dreier Jahre aufgebraucht habe; ich verlor ja schon durch Hauskauf resp. Hausverkauf in Lutzenberg 140 000 Franken Pensionskassengeld.

Und das Versicherungsgericht in St. Gallen – diese staatlich bevollmächtigten Gauner! – schweigt nun bereits ein Jahr, diese hochbesoldeten Faulenzer. Wie lange muss ich wohl noch warten, bis man mich kaltschnäuzig observiert?

Es gibt K E I N Recht in der Schweiz (nirgends auf der Welt). Es (das Recht) ist eine Hure, käuflich. Wer kein Geld hat, der soll verrecken.

Meine Beiständin beantragt jetzt, da die Leitzinsen gefallen sind, auf meine Initiative hin eine Mietzinsreduktion, doch ich bin mir gewiss, sie wird mir nicht gewährt. Man darf natürlich auch sagen, dass meine Miete von 1230 Franken monatlich in unserer Gesellschaft nicht überrissen ist, die IV würde das zahlen, doch als Pensionierter habe ich kein Anrecht mehr auf eine IV. Der Saustaat hat für alles vorgesorgt. Es ist schön und gut, Teilhard de Chardin zu lesen, doch deshalb verrecke ich halt dennoch, weil ich keinen Wein, keinen Eistee, kein Essen mehr bezahlen kann. Im Grunde genommen ist es unter meiner Würde, mich mit den staatlich korrupten Spitzbuben abzugeben, doch sie sitzen am längern Hebelarm und lassen mich schmoren. Es wird ausweglos für mich.

Gewiss ist es seinswichtig, positiv zu denken, doch wenn man nichts mehr zu essen und zu trinken hat, erübrigt sich das positive Denken. So – und nicht anders! – geht es mir. Und Tausende Male nichts als Teigwaren mit Tomatensauce zu essen, lampt mir längst zu den Ohren raus.

Ohne Deine „Zustupfe" ginge es mir miserabel, Du hilfst mir über die Runden zu kommen.

(Aber nochmals, erwähne diese nicht mit meiner Beiständin, ich müsste es grässlich ausbaden. Sie gibt sich im Gespräch sehr entgegenkommend, doch sie ist knallhart.)

Mein Leben ist GESCHEITERT. Ich arbeitete bis zu meinem Burn-out und etwas darüber hinaus mein Leben lang, und nun versinke ich in der Armut. Da ändern meine Publikationen auch nichts. Ich habe arge Depressionen, und nur manchmal abends/nachts, wenn ich bei klassischer Musik *lese*, fühle ich mich wohl.

Nimm es mir bitte nicht krumm, dass ich derart offen schrieb. Du hast ein grosses Herz, ich dachte mir, ich könne so frei und frank schreiben.

Mein letzter Lyrikband „Ausgebrannte Erleuchtung" hat die Widmung an Dich, „den Freund und Bruder in Liebe und Dankbarkeit", das möchte ich in diesem Brief gern wiederholen und bestätigen. ICH DANKE DIR FÜR ALLES! Du hilfst mir existenziell, ich bin Dir so dankbar.

Nun habe ich Mirtazapine genommen, eine Psychopharmakatablette. Es wird mir bald besser gehen. Dass der Geist derart von der Chemie abhängig ist, ist bedenkenswert. Wenn der psychische „Haushalt" nicht stimmt, gibt es keine Esoterik, keine Philosophie, keine Poesie.

Nun hast Du, lieber Ludwig, aber eine geballte Lektüre meines Briefes. Es tat mir gut, Dir zu schreiben.

Ich wünsche Dir von Herzen nur Liebes, Gutes, Schöpferisches, es grüsst Dein alter Zackenbarsch Paul

Erlöste Heiterkeit

5. 6. 2017

Lieber Ludwig

Über die Pfingsttage las ich viele Briefe Vincent van Goghs: was für ein Himmel, was für ein Inferno! Ich will nun die Romanbiografie von Irving Stone über van Gogh nochmals lesen, „Ein Leben in Leidenschaft", ich las sie im Juni 1971, also vor 46 Jahren, zum ersten Mal. Vincent van Gogh gehört mit Mozart zu den grössten Genies der Menschheit. Vielleicht kennst Du Irving Stone, ein ganz grosser Meister der künstlerischen Romanbiografie, ich erinnere da nur an Michelangelo, Jack London, Heinrich Schliemann, Charles Darwin, Camille Pissaro und Sigmund Freud – und andere (die ich alle gelesen habe).

Es scheint so, dass ich nochmals einen Lyrikband zusammenbringe, ich habe jetzt gut 20 neue Gedichte unter dem Titel „Tanz des Winds"; ich hoffe, dass ich ihn auf den Herbst hin fertigbringe. Es sind sehr einfache Gedichte, nahe an einer erlösten Heiterkeit, wo nur unterschwellig das Grauen des Lebens strömt. Es wird meinem Leben eine neue Facette aufblättern. Das Schwerste ist die BILDHAFTIGKEIT, das visionäre Aufkeimen. Das „Sagen" muss verwandelt werden ins Sinnbildhafte, Geistiges ins Sinnlich-Erfahrbares. Gedichte sind Diaphanbilder, das *Dahinterliegende* muss aufscheinen. Alles Erkennen ist ein Haschen nach Wind. Die Seele ist eine Windfahne des Göttlichen. Doch ich sage das im „Tanz des Winds" nicht derart konkret direkt, das wäre zu einfach.

Der Innsbrucker Literaturprofessor Hermann Kuprian, der mehrmals über mich schrieb und ein Kolleg über

69

mich an der Universität veranstaltete, zählte mich zur „Spirituellen Lyrik", was ich nach eigenem Gutdünken nie war. Meine Lyrik ist vermooster, verkrauteter, ich-du-bezogener, liebeseingefärbter, brennend-ausgebrannter, gegen-den-Strom-lavierend, auch KONKRET. Meine „geistige" Lyrik ist sinnlich. Meine disharmonischen Schreie reichen der Harmonie die Hand. Nur wer das Inferno kennt, kennt auch den Himmel. Auch mein Wortschatz ist immer konkret, ich habe keine „Tiernamen" erfunden, es gibt sie alle (siehe Grzimeks „Tierleben"). Erst in meinen späten Jahren hielten Tiere bei meinen Gedichten Einzug – als Reverenz an die Natur. „Rose" und „Herz" zu nennen ist nur noch in den Poesiealben möglich. Der Lyriker muss zu **neuen** Bildern vorstossen, ansonsten soll er Schuhbändel verkaufen. Auch das Nennen von „Sternen" und „Mond" ist kaum mehr möglich, das ist zu abgegriffen. Da gibt es eben auch Quasare und Leukozyten.

Früher theoretisierte ich gern über Lyrik, doch ich habe diesen Drang längst verloren. Ich bin froh, wenn mir ein Gedicht gelingt, das mir gefällt. Doch wenn ich die geistige Unbedarftheit der heutigen Schriftsteller und Lyriker sehe, die meinen, wenn sie politisch seien, seien sie auch gut, macht mich rasend. Was für Dummköpfe allerorten; die Kritiker sind oft die allerdümmsten Dummköpfe mit ihren eingleisigen Ansichten.

Es waren für mich schöne, intensive, erfüllte Pfingsttage. Ich hoffe, Du hattest es auch entspannt schön.

Herzlich grüsst Dein Paul

Lieber Ludwig

Die Briefe Vincent van Goghs an seinen Bruder Theo (über 2100 Seiten in drei Bänden) wühlen mich wiederum sehr auf. Man kann in ihnen das Werden eines Genies mitverfolgen, der ein Leben lang in Geldnöten war, bis zu seinem frühen Selbstmord (37-jährig). Er konnte zu Lebzeiten kein Bild verkaufen (oder nur eines oder zwei?) – und heute zahlt man viele Millionen für eines seiner Bilder.

Grösse muss eigentlich immer unten durch, denn das Neue lässt sich nicht arrangieren mit der Gegenwart. Die Zeitgenossen wollen leichte, längst bekannte Kost immer wieder. Es gibt natürlich Genies, die reich wurden, ich denke da nur an Zola und Picasso.

Seitdem ich kein Pensionskassengeld mehr habe, ist mein Leben verdüstert – doch Deine Hilfe ist mir ein Lichtblick.

Nachdem der Japaner Yasunari Kawabata 1968 den Literaturnobelpreis erhielt, machte er 1972, 73-jährig, Selbstmord – nicht des Geldes wegen. Überall Tragik! Wie viele Künstler schieden aus eigner Hand aus dem Leben: sie sind Legion! Man spricht oft fälschlicherweise von „freiwillig aus dem Leben scheiden", doch das ist ein Euphemismus, denn „freiwillig" ist das nie, sondern es stehen immer unüberwindliche Zwänge dahinter, die sich nicht mehr abbaubar monatelang aufgetürmt haben.

Dann und wann kommt ein neues Gedicht zu meiner neuen Sammlung „**Tanz des Winds**"; ich hoffe, in diesem Sommer oder in diesem Herbst zu einem Abschluss zu kommen.Wenn mir ein gutes Gedicht gelingt, kommt es immer von einem guten Augenblick her, und diese Augenblicke sind eher selten, doch dann schreibe ich drei bis vier Gedichte pro Nacht. Ich bewundere Dich, dass Du aus Deiner Fülle heraus kontinuierlich schreiben kannst. Das ist ein Geschenk Gottes – und Du hast es aber auch erarbeitet. Du hast Dir eine geistige Höhe erschaffen, die selten ist, ja ein Wunder.

Bei „Sensibel für das ewig Heitere" von Dir bin ich jetzt bei der Lektüre auf Seite 152; es ist ein Buch, das mich jetzt schon seit Wochen immer wieder reich beschenkt an Gedanken; es ist Balsam für meine Seele, für meinen Geist. Ich bewundere auch die Agilität Deines reichen Wortschatzes, die Diversifikation Deines geschmeidigen Satzbaus. (Doch als ehemaliger Korrektor fiel mir auch auf, dass Hunderte von Kommas fehlen. Die Syntax ist auch wichtig, ja? Doch Deine Seinsaussageneinheiten leiden darunter nicht, auch wenn es mich sprachlich etwas störte.)

Sobald ich für „*Tanz des Winds*" gut 50 Gedichte habe, schicke ich Dir eine ganz neue Word-Datei von „Teufelsrochengezähnte Nacht" für BoD. Doch zuerst möchte ich einen neuen Lyrikband mehr oder weniger in petto haben …

Ich denke mir schon, dass das Leben etwas Herrliches ist (auch wenn ich schier dauernd Zahnweh habe). Ich liebe das Leben! Und dass ich wieder neue Gedichte für „Tanz des Winds" schreibe, stellt mich auf.

Paul

Lieber Ludwig

Vom Rekurs habe ich noch nichts gehört, das Versicherungsgericht lässt sich unverantwortlich viel Zeit.

Von den Möglichkeiten des verbilligten Einkaufs im Caritasladen St. Gallen bin ich sehr zufrieden, nur muss ich dann jeweils zu meinem vorhandenen Abo noch 6.40 Franken bezahlen, eine Zusatzzone hin und zurück. Ein Kilogramm Teigwaren kosten z. B. 80 Rappen.

Wegen den Zahnarztkosten, die wohl bald einmal anfallen, werde ich mit Frau Näscher noch reden.

Vor „die zu bedienen und befrieden sind" kommt ein Komma.

Vor „das ich inauguriert und ..." kommt ein Komma (Relativsatz), also „... am Weltenwerk, das ich inauguriert und ..." (drittunterste Zeile).

In Deinen andern Büchern ist die Kommasetzung recht gut (wenn auch nicht perfekt), doch in Deinem letzten Buch hast Du ihr zu wenig Aufmerksamkeit geschenkt. (da fehlen Hunderte von Kommas).

Heute Abend gehe ich mit Marcel ans Stadtfest Rorschach. Das Wetter spielt wunderbar mit.

11. 6. 2017

Die Hochsommerhitze heute war herrlich. Bei einem eisgekühlten Weissweinchen las ich Gedichte von Pablo Neruda, Briefe Vincent van Goghs und „Jugendbriefe" von Charles Baudelaire.

Bist Du mit Deinem Elektrovelo über Stock und Stein gefahren?

Ich wünsche Dir einen schönen Abend, herzlich grüsst Paul

14. 6. 2017

D A N KE. Jaja, der Schopenhauer ist herrlich – vielleicht auch etwas zu "chinesisch". Etwas mehr Klartext wäre vonnöten, doch von einer "Geniestufe" aus kann man alles schreiben, die TIEFE findet sich schon irgendwo ein. Pardon, doch ich finde Schopenhauer ein Gebrabbel.

Nimm mir nichts krumm, ich sage halt, was mir einfällt. Für mich ist Schopenhauer ein ärmlicher Zwerg. Nichts von ihm ist von Belang. Sein Leben war tragisch, das heisst nicht, dass seine Werke von Bedeutung sind. Er hat viel Papier beschrieben, vollgeschmiert, c'est tout. Krass ausgedrückt: Nicht jeder Gedankenfurz ist wichtig. Im Grunde war Schopenhauer ein Kretin, und all seine Schriften Krankheitsgeschichte. Ich urteile individuell, so bin ich halt mal. Verzeih mir, dass ich Deinen Höhenflug nicht zu teilen in der Lage bin. Es gibt viele Philosophen, die mich begeistern, Schopenhauers Wichtigtuerei gehört nicht zu mir. Für mich ist er hohl.

Liebe Grüsse Paul

14. 6. 2017

Lieber Ludwig

Heute Nachmittag sass ich am Bodenseeufer und las etwas in Deinem neuen Buch "Beglückungen und Visionen": Du führst einen auf eine ganz neue wunderbare Ebene.

Jetzt begann ich das Mozart-Buch von Bernhard Paumgartner zu lesen (nachdem ich das Buch über Camille Pissaro von Irving Stone zu Ende gelesen habe).

Hast Du mit meiner Beiständin Frau Näscher telefonisch schon reden können? Jetzt ist sie ferienhalber abwesend.

Wenn wir uns am Pro-Litteris-Büffet am 24. Juni um 16 Uhr treffen (bist Du dann dort?), könntest Du mir einen Zustupf geben, was meinst Du? Ich schramme am Geldlosen vorbei. Wenn der Sommer weiterhin so herrlich heiss ist, komme ich vielleicht mit meinem peruanischen Hemd, ich bin dann bestimmt der einzige verwunderlich farbig aussehende Galgenvogel. Fast wie ein Quetzal. Das wird dann meine vergnügte Gala sein. (Meine zwanzigjährige Nadelstreifenhose und mein Nadelstreifenkittel sind mir zu eng geworden.) Ich wünsche Dir einen verzauberten Abend, mit lieben Grüssen, Dein Paul

22. 6. 2017

Lieber Ludwig

Mein neuster Lyrikband, den ich bisher "Tanz des Winds" nannte, heisst nun "Das Universum setzt Se-

75

gel". Ich überlege mir, ob ich diese Gedichte als zweites Kapitel der "Teufelsrochengezähnten Nacht" anfügen soll, so käme ich auf gut 120 Gedichte – pro Seite 1 Gedicht, das wäre auch ein guter Umfang. Doch ich will noch acht Gedichte schreiben, was mir in den nächsten zwei, drei Wochen vermutlich gelingen wird. Durch den grössern Umfang werden die Dimensionen weiter.

Bis jetzt: Was für ein guter heisser Sommer!

Ich wünsche Dir herzlich alles Gute für Deine Welten, lieb grüsst der alte Zackenbarsch Paul

25. 6. 2017

Lieber Ludwig

Der Rhythmus eines Gedichts ist für mich auch wichtig, doch er ist für mich nicht dominant. Manchmal muss der Rhythmus – für mich, bei mir – zurücktreten zugunsten einer Aussageweise, einer Metapher, einer in sich stimmigen Wort- und Bildkomposition, die vielleicht eine gewisse Härte in der Verinnerlichung, in der Sprunghaftigkeit des polyphonen Orchestrierens hat. Manchmal nehme ich ein „Holpern" in Kauf. Gewiss ist für mich, ein Gedicht darf nicht begrifflich dürr sein, es muss möglichst NEU in den polymorphen Farbgebungen sein. Das Gedankenlastige mag ich in den Gedichten nicht, ich bevorzuge die impressionistischen und expressionistischen Rösselsprünge, nahe am Surrealen. Zudem suche ich immer wieder das spannungsreiche Ineinsfallen der Widersprüche, die Einheit von Gross und Klein; so werden mir Mikroben zu Galaxien (und umgekehrt). In der Lyrik gibt es für mich keine

Dichotomie, keine Zweiteilung in Begriffspaaren, alles ist im andern e i n s. In der SINNLICHKEIT, die das Universum umfasst, blüht das Gedicht auf. Ich hasse auf teufelkommraus das Klischee, das Gedicht muss wie der erste Tag der Schöpfungsgeschichte sein. Ein Riffbarsch ist mir gleich lieb und wichtig wie ein Sternbild. Das Sternbild Rabe, südlich der Jungfrau, lebt nicht nur „am Himmel", sondern pulst auch in meinem Blut, wird Wort auf meiner Zunge, Bild in den Augen eines geliebten Menschen. Meine Gedichte „Teufelsrochengezähnte Nacht" und „Das Universum setzt Segel" sind im Grunde alles Liebesgedichte an das Leben, an die Farben und Melodien des Seins, wie ich es bruchstückhaft erlebe. Ich zittere vor Freude über ein schönes Musikstück, wenn ich an die Träume einer Gelbbauchunke denke, wenn ich Bilder von Chagall sehe. Alles ist der Rede wert – sofern sie nicht schon ausgesprochen worden ist. Ein gutes Gedicht darf in den letzten dreitausend Jahren nicht schon choreografiert, intoniert, gebildhauert sein. Ich hoffe und glaube, das ist mir in vielen Gedichten gelungen, leider nicht in allen. Ich suche den Anspruch, NEU zu sein. Nur was niemand ausser mir zu sagen fähig ist, lohnt sich aufzuschreiben. Alles andere wäre doch Kunstgewerbe, Handwerk, Kitsch, Paraphrase, Schwof. Ich weiss, ich genüge nicht immer meinen eigenen Ansprüchen, und das macht mich drakonisch elend. Könnte ich nochmals beginnen, würde ich unendlich mehr VERRÜCKTER schreiben. Ich war in meinem Leben zu zahm, obwohl ich nie um Anpassungen schielte. Wenn ich meine gut hundert Publikationen überblicke, wird mir angst und bang: Was wird überleben? Ich bin mir meines „Nachruhms" nicht so sicher. Der Planet Erde ist im bekannten Weltraum höchstens wie ein Stecknadelkopf auf dem amerikanischen Kontinent; wenn man das bedenkt, wird man sehr bescheiden. Und dann gibt es auf diesem Staubplaneten Erde Millionen wenn nicht Milliarden von Analphabeten, wenn das nicht bescheiden macht? In den globalen Intermedien beschränkt sich bald alles auf das Twittern: Was ist das doch für eine Schrumpfhaftigkeit des Geistigen, des Dominierens der Lüge. Es geht heute nicht mehr um die Wahrheit, sondern nur noch um die Publizität. Schrilles und Grausames ist gefragt, das Leise und Sanfte hat keine Chance mehr. Der Kunstmarkt ist längst zu einem geilen Geldmarkt verkommen, das veranschaulichte die art-Messe in Basel; Bilder mit einem Materialwert von 50 Franken werden zu 800 000 Franken verkauft, das ist Pervertierung pur. Und ein Lyriker wie ich kann sich keine Schoggicrème mehr leisten, weil ich unter die Armutsgrenze sank.

Bald (in drei, vier Wochen) schicke ich Dir für BoD meinen neusten Lyrikband, das wird für mich wichtig. Doch ich fühle mich nicht ausgeschrieben, mir schwebt bereits wieder ein noch neuerer Lyrikband vor … Ich möchte noch ein paar Jahre leben, aber nur, wenn ich Gedichte schreiben kann, sonst wird für mich alles sinnlos.   Sappristi, es sieht für mich vielleicht gar nicht so schlecht aus.

Lieber Ludwig, ich bewundere Dich mit Deinem Optimismus, mit Deiner schöpferischen Vitalität. Du bist für mich ein Vorbild.

Du bist mein herzensguter Lebensfreund, ich danke Dir für alles.

Liebe Grüsse Dein Paul

STAUBBLÄTTRIGE WORTE

von den Lippen
tropfen
Galaxien
ins Nichtwissen
ZÄHNEBLECKEND

(pg)

30 .6. 2017

Lieber Ludwig

Da hattest Du mit mir aber grosse Mühe gemacht, hattest gewiss auch einen grossen Zeitaufwand, dafür danke ich Dir. Ja, jetzt stimmt der Umbruch, es ist im Grundkonzept gut. Ich habe nur noch ein paar geringfügige Korrekturen, die wir gemeinsam, wenn ich bei Dir bin, bereinigen ķönnen. Ich bin Dir dankbar, wenn ich wiederum ein Pendelbild von Dir bekommen darf. Ich wünsche den Umschlag in Rot, wie Deine Bücher "Krönung allen Schöpfertums" und "Sein vom Allerfeinsten", mit den drei orangen Kreisen. Ich werde nun in den nächsten drei Tagen nochmals alles akribisch genau durchsehen. Darf ich in den nächsten drei Wochen bei Dir für die Schlussredaktion vorbeikommen? Zum Voraus gesagt, es heisst "Teufelsrochengezähnte Nacht" und nicht "Teufelsrochengezähmte Nacht", doch ich begreife Deinen Tippfehler, da ich ja wirklich manchmal "chinesisch" schreibe ... Nun hat das Buch 136 Seiten, und das ist durch 4 teilbar, es ist alles bestens. Ich hätte das nie fertiggebracht – Du hast mich gerettet. Ich danke Dir für alles, ich ahne, Dein Zeit- und Energieaufwand waren gross.

Nun machen wir in den nächsten Tagen ab, wann wir zur Schlussredaktion zusammenkommen können, es gibt nur noch weniges zu bereinigen (doch ich habe den Ehrgeiz, dass dieses Buch fehlerfrei wird). Ich bewundere Dich, wie gut Du dies gemacht hast. Herzlich grüsst der alte Zackenbarsch, Dein Paul

P.S. Hast Du meine kleine Broschüre "Gedanken eines alten Zackenbarschs"?

30. 6. 2017

Lieber Ludwig

Jean Paul habe ich in zehn voluminösen Bänden; jetzt lese ich zuerst alle zehn profunden Nachworte. Ein Leben lang beschäftigte ich mich mit Jean Paul, doch es gelang mir noch nicht, alle seine tränenreichen Bücher zu lesen. Jean Paul ist grossartig, doch sie sind auch ein riesengrosses Wirrwarr. Ich habe den Atem nicht, seine uferlosen, total verkrauteten Werke zu lesen – doch ich versuche es nochmals. Olé – die zwei andern ganz Grossen der Prosaliteratur – Marcel Proust und Robert Musil – habe ich auch nie ganz lesen können ... Ich bin als Lyriker ein Kurzstreckenläufer und kein (Roman-) Langstreckenläufer. Im Grunde genommen lese ich lieber Tausende von Seiten Lyrik als ein paar hundert Seiten Prosa.

Ach, wie freue ich mich auf meinen nächsten Lyrikband "Das Universum setzt Segel"! Ich glaube, es ist ein sinnlich gutes Alterswerk geworden, hm. Alles Gute, lieber Ludwig – herzlich grüsst Paul

Lieber Ludwig

Dein Mail hat mich gefreut; es ist für mich ein Glück, dass Du einige meiner Gedichte magst.

Jean Paul ist ein grosser Schriftsteller, und doch: Sich durch seine verurwaldeten Romane und Schriften zu lesen, ist heute kaum mehr möglich. Und seine Tränenrührseligkeit ist nicht mehr goutierbar. Und doch: Irgendwie verschlungen liebe ich Jean Paul.

Jetzt lese ich wieder Gedichte von Ivan Goll und Claire Goll, die stehen meinem Herzen seit meinem 20. Lebensjahr sehr nahe. Ich las auch den Briefwechsel zwischen Ivan und Claire Goll: ergreifend.

Was liest Du, Ludwig? In Deinem „métier", in Deiner Welt der esoterischen und philosophischen Lektüre bin ich bloss ein kleiner Strudelwurm.

Gestern Nacht schrieb ich drei Langgedichte, hier eines:

Wenn du singst
wenn du schweigst
ich verstehe dich
in deinen Nächten
ich antworte dir
mit Flüssen und Meeren
mit Worten aus Flammen
Fallwinde toben
wir retten uns zueinander
finden uns in der Sprache
der Liebe
im Geflüster der Zuneigung

auf dem Delta der Einsamkeit
im Sturmwind der Vögel
in den Farben der Hoffnung

Doch ich glaube, der Weg des „Langgedichts" ist nicht meiner, viel eher werde ich noch kürzer (ist das möglich?). Ich meine, mit drei bis fünf Gedichtzeilen lässt sich das Universum vermessen. Beim „Langgedicht" ist die Gefahr der Verwässerung akut. Am liebsten würde ich noch etwas „verrückter" schreiben, doch ich sehe diesen Schritt nicht. Sicher ist für mich, die BILD-HAFTIGKEIT bringt die Lösung. Ein Lyrikband ist wie ein „Rosenkranz" an Bildern. Deshalb liebe ich das Malerische ja auch so sehr („Oleivo der Maler"). Gedanken verweise ich in den Aphorismus, in den Essay. Im Gedicht hat der Gedanke nicht viel verloren, das Gedicht liebt die Farben der Sinnlichkeit, die zurückgenommenen Formen des Bilds, die Konkretisierungen des Universums im Erdenstaub, die Spiegelungen der kleinsten Lebewesen in den Sternbildern und Quasaren.

Obwohl ich seit langem pensioniert bin, fehlt mir die Zeit zur Lektüre schmerzlich. Ich lese zurzeit etwa zwanzig Bücher gleichzeitig, ich kann mich nicht entscheiden.

Ich wünsche Dir einen guten Sonntag, herzlich grüsst der alte Zackenbarsch Paul

6. 7. 2017

Lieber Ludwig

Von Deinen vier Büchern, die Du mir geschenkt hast, beginne ich „Geborgenheit in Universenweiten. Sagenhafte Aphorismen" als erstes zu lesen; ich freue mich riesig auf diese Lektüre. Beim Durchblättern sind mir schon einige Denk-Juwelen ins Auge gefallen.

Im Grunde genommen könnte ich auf viele Bücher meiner Bibliothek verzichten, da ich so viel Ludwig Weibel zu lesen habe. Die Lese"geschwindigkeit" ist bei Deinen Büchern bei mir nicht sehr hoch, da ich viel Zeit brauche, sie zu lesen, da Deine Bücher sehr anforderungsreich sind. Satz für Satz muss langsam gelesen und verinnerlicht werden.

Meine kleine Schrift heisst nun: „Sei klar wie eine Galaxie. Ratschläge für einen jungen Lyriker". Ich habe diese sieben Seiten an einem Abend niedergeschrieben, sie sprudelten nur so aus mir heraus. Ich glaube, sie ist nun beendet. Schön wäre es, sie einem neuen Lyrikband als Anhang beizufügen, doch bis ich wiederum einen Lyrikband zusammenhabe, wird es Monate dauern; dieses Jahr schaffe ich es nicht mehr. Und es reizte mich nun neu, ein Bändchen mit „Langgedichten" zu schreiben, doch diese müssen mir erst noch einfallen, forcieren kann ich nichts. Anderseits – oder gleichzeitig – schweben mir ganz kurze, leichte, flockige Gedichte vor. Nun, ich denke mir, ich muss dieses Jahr nichts mehr publizieren, im besten Fall nächstes Jahr. Und sagen wir es etwas altmodisch: Die Muse küsst mich nicht mehr so oft wie in den jungen und mittleren Jahren. (Doch dieses Jahr komme ich auf 200 Seiten publizierte Gedichte, das ist ja auch nicht nichts …)

Es war wunderbar, bei Dir zu sein: Zuerst das ganz feine Mittagessen, dann die Arbeit an „Das Universum setzt Segel", dann noch Deine Büchergeschenke. Ich danke Dir ganz herzlich für alles. Ohne Dich, Ludwig, wäre mein Leben (mein Lebensende) trist. Bei Dir lebe ich auf.

Jetzt bin ich etwas erschöpft, das ist halt bei mir so nach einem Höhepunkt.

Ich wünsche Dir einen schönen Abend, herzlich grüsst Dein dankbarer Paul

16. 7. 2017

Lieber Ludwig

der neue Lyrikband „Das Universum setzt Segel" ist perfekt bis auf eine einzige Ausnahme: auf Seite 57 hat es zwei Gedichte. Nun, das ist mein Fehler, dies nicht abgefangen zu haben. Doch es macht nichts, im Gesamten tut dies keinen Abbruch. Ich glaube und hoffe, das ist ein starker Lyrikband.

Ich bekam eine Mietzinsreduktion. Es sieht nun so aus: Nettomietzins Fr. 951.-, Nebenkosten Fr. 250.-, total monatlich (ab 1. Oktober) Fr. 1201.- (anstatt wie früher Fr. 1230.-). Über den Nettomietzins für eine 4-Zimmer-Wohnung lässt sich nicht mehr viel bemängeln; die Nebenkosten (Heizung, Strom fürs Treppenhaus und Abwartsarbeiten) sind leider sehr hoch.

Die Hatt-Bucher-Stiftung in Zürich hat mir für Juli 2017 bis Juni 2018 einen Betrag von Fr. 1800.- gutgesprochen, ausdrücklich für mein Taschengeld zu meiner freien Verfügung, das macht Fr. 150.- pro Monat.

Somit habe ich von der KESB von meiner AHV Fr. 600.- zugute; mit den Fr. 150.- komme ich auf Fr. 750, und mit meinen Nebeneinnahmen von ca. Fr. 200.- komme ich auf Fr. 950.- monatlich. Im Juli habe ich kaum Nebeneinahmen, da die Zeitung für Kolumnen zwei Monate pausiert, und bei Brändle Druck in Mörschwil erscheint keine Zeitschrift „Bauen heute", die ich korrigiere. Ich bitte Dich, Ludwig, mir nächste Woche noch einen Zustupf von 300 Franken zu gewähren, ab August bitte ich Dich noch um einen Zustupf von 200 Franken. So kann ich menschenwürdig leben, brauche keine Lebenspanik zu haben.

Ich kann es nicht milder ausdrücken: doch dass ich vom Versicherungsgericht St. Gallen auf den Rekurs der Anwältin immer noch keine Antwort habe, ist eine Schweinerei. Das dauert nun bereits ein Jahr. Diese hochbezahlten Richter kleben fettwanstig auf ihren Stühlen und rühren sich nicht. Meine Not ist ihnen wurst. Sie wursteln sich schlaftrunken ihrer unangemessen hohen Pension entgegen. Ich hasse dieses Gesocks!

Ich lege Dir die Mitteilung der Hatt-Bucher-Stiftung, die mir Frau Näscher gesandt hat, in ein Mail an Dich. Ich bin froh, dass diese ausdrücklich schrieb, dass ihre Zuwendung als Taschengeld zu meiner freien Verfügung gedacht sei. Denn in meinem Budget bei der KESB ist von Lebensunterhalt usw. die Rede, doch mit keinem Posten von einem Taschengeld. Ich lebe wirklich unterhalb von der Armutsgrenze. Doch jetzt kann ich mit Deinem Zustupf von 200 Franken ab August, bis ich Bescheid vom Versicherungsgericht erhalte, menschenwürdig ohne Ängste leben. Darf ich weiterhin in diesem Sinn auf Dich zählen, hoffen?

Zurzeit lese ich Jean Cocteau, Bernhard von Clairvaux, Gerhard Meier, Claude Simon, Wassily Kandinsky („Über das Geistige in der Kunst"), Teilhard de Chardin, Antoine de Saint-Exupéry, Cesare Pavese, Pablo Neruda, Ludwig Weibel – ein Tag müsste fünfzig

Stunden haben! Doch dann vergesse ich, dass ich mindestens noch tausend Jahre lebe und Zeit finde für alles, was ich noch lesen möchte. Auch diesen „vertrackten" Marcel Proust möchte ich endlich zu Ende lesen …, ich stecke immer noch im Band acht der zehnbändigen „Suche nach der verlorenen Zeit", und das seit Jahren, sappristi. Du siehst, ich habe noch vieles vor; zudem gibt es noch vieles, was ich lesen möchte (ich denke an Georg Haldas, Elsa Morante, Alberto Moravia, Pier Paolo Pasolini, Kuno Raeber, Walter Vogt, Anatole France usw.). Doch ich sehe auch, dass mein Gedächtnis schlechter geworden ist. Ich vergesse auch vieles. Doch Lesen ist ein Grundnahrungsbedürfnis.

Zudem ist meine Liebe zur Musik seit vielen Jahren gesteigert, auch ohne sie könnte ich nicht mehr leben. Klassik, Romantik, Belcanto: ich taumle.

Ich habe schon geweint, dass ich achtzig bis hundert Bildbände über Maler und Malerei entsorgen musste, ich, der die Malerei so liebt.

Es war schön, Dir, Ludwig, zu schreiben. Du verstehst so vieles, Du bist ein grosses Geheimnis, ein Wunder. Je mehr ich von Dir lese, desto tiefer verneige ich mich vor Dir, zurzeit „Geborgenheit in Universenweiten". Du bist ein erratisches Genie. Wenn man nur tief genug sich in Dir versenkt, sieht man, dass Du grösser als Nietzsche bist! Sri Aurobindo ist Dein Bruder, ihr seid beide Giganten. Deine Werkfülle ist weltweit einmalig. Du wirst einmal als hellster Stern der Menschheit gelten. Für die Zeitgenossen bist Du zu schwierig, doch in der Zukunft wirst Du das hellste Sternbild sein, wie es wenige in der Geschichte der Menschheit gab.

Ich fühle mich nur als kleiner Strudelwurmlyriker; dass Du zu mir hältst, macht mich erstaunt glücklich. Ich danke Dir mit meinem ganzen Herzen, mit meinem ganzen Leben.

Auch bewundere ich Deine Schöpferkraft; Du bist kontinuierlich auf Deiner sagenhaften Höhe. Das ist absolut einmalig.

Heute schrieb ich ein Gedicht, wo der Turmhahn von Cleversulzbach vorkommt, Du kennst das wohl von Mörike. Doch ob mein Gedicht taugt, weiss ich noch nicht. Meine neuen längern Gedichte hatten zuweilen sehr breite Verse, ich werde diese verschlanken (auch im Hinblick auf eine Publikation).

Ich hoffe, Du magst ein paar Gedichte aus meinem neuen Lyrikband „Das Universum setzt Segel"; und ich glaube, auch die zwei Nachbemerkungen sind in ihrer Kürze gelungen.

Einen nächsten Lyrikband von mir sehe ich erst wieder aufs nächste Jahr. Du wirst inzwischen weitere Bücher publizieren, Du bist absolut fantastisch. So etwas wie Dich gab es in der ganzen Menschheitsgeschichte noch nicht. Die Fülle Deiner Lebensernte stellt alles bis dahin Erlebte in den Schatten.

Herzlich grüsst Dein Paul

19. 7. 2017

Lieber Ludwig

Du hast mich jetzt schon jahrelang grosszügig unterstützt, ich bin Dir wie keinem andern Menschen sonst in meinem Leben existenziell, sehr sehr dankbar. Ich hatte ein vielfältiges, intensives, gutes Leben, doch spätestens mit meinem Hauskauf und Hausverkauf und meinem Burn-out erlitt ich Schiffbruch, scheiterte ich vollständig. Das betrübt mich – doch mit Deiner Hilfe gelingt es mir, noch ein schönes Leben zu haben. Dank Dir kann ich immer wieder aufatmen. Als ich Deine Bücher korrigierte, hast Du mir schon immens, grosszügig geholfen. Du bist für mich ein rettender Engel!

In den nächsten Tagen werde ich, am Bodensee höckelnd, Deine Bücher „Geborgenheit in Universenweiten" und „Beglückungen und Visionen" zu Ende lesen

Ludwig Weibel: „Was du ersehnst Bin ich dir seit Urbeginn gewesen." Es gibt Aphorismen von Dir, da jauchze ich auf vor Begeisterung. Es vergeht kaum ein Tag, an dem ich nicht „Sätze" von Dir lese, sie sind mir zum Bedürfnis geworden. Oft lassen mich Deine Dimensionen angenehm erschauern.

Oft mache ich „Seitensprünge" zu meinen geliebten Vorsokratikern; da lässt sich herrlich meditieren über die Rätselhaftigkeiten des Seins, des Lebens, wenn zum Beispiel Zenon schreibt: „Das Bewegte bewegt sich weder in dem Raum, wo es sich befindet, noch in dem Raum, wo es sich nicht befindet." Da hat das diskursive Denken nichts zu suchen, sondern diese Aussage muss „auf der Zunge der Seele" (meine Formulierung) zergehen lassen werden. Oder Demokrit sagt schlicht: „Der Mensch ist ein Kosmos im kleinen." Es wäre interessant, den Annäherungen von Ludwig Weibel mit den Vorsokratikern nachzuspüren. Du weisst Dich dem Sufismus nahe, dem spekulativen Pantheismus, den Sphärengeistern von Aristoteles. Der Sufismus ist eine durch und durch spirituelle Orientierung, so wie Du sie hast. Ein Weg der Mystik. Es geht um die Einheit alles Existierenden. Doch eine Islam- und Koran-nahe Beziehung erkenne ich bei Dir gottseidank nicht. Es hat auch mit Gnostizismus zu tun, bei Dir in einer christlichen (anthroposophischen, anthropomorphischen) Einfärbung. Die Güte zum Menschen, die Du hast, springt eigentlich aus jedem Satz von Dir, ohne jede Belehrung. Das Berauschende, Dionysische des Derwischtanzes kommt bei Dir nicht vor; Du bist einer der feinfühligsten und beherrschtesten Menschen der Menschheit. Der Sufismus kennt auch den Wahnsinn der Ekstase. Llewellyn Vaughan-Lee (geboren 1953) schrieb: „Sufismus ist die alte Weisheit des Herzens. Er ist nicht durch Form, Zeit oder Raum begrenzt. Er war immer und wird immer sein." Diese „Definition" gefällt mir. Du, Ludwig, „predigst" nicht von der hohen Kanzel herab, sondern Du sprichst von Mensch zu Mensch, von Herz zu Herz. Der Weg der Sufis (besonders im indischen Raum) gestaltet sich so: 1. Auslöschen der sinnlichen Wahrnehmung, 2. Aufgabe des Verhaftetseins an individuelle Eigenschaften, 3. Sterben des Ego, 4. Auflösung in das göttliche Prinzip. Nun, ich verkürze jetzt, die ersten drei Punkte sind nicht mein Weg. Als Künstler geht es um die sinnliche Wahrnehmung in ganz individuellen Eigenschaften, und das Ego muss gross und stark werden, damit es in die ganze Menschheit eingerollt werden kann (das ist auch ein Teilhard'scher Gedanke). Also in diesen drei Punkten widerspreche ich dem Sufismus. Zu Punkt 4, Auflösung in das göttliche Prinzip, haben auch christliche Mystiker Hervorragendes gesagt. Dass im Mittelpunkt der sufischen Lehre die Liebe steht, finde ich wunderbar, doch dazu hat Christus noch Besseres gesagt. Auch gegenüber der Trance bleibe ich skeptisch, denn dazu gibt es psychoanalytische, tiefenpsychologische „Erkenntnisse", die es nicht mehr erlauben, alles einfach unhinterfragt anzunehmen. Schön ist, dass die Sufis glauben, dass Gott in jedem Menschen einen göttlichen Funken gelegt hat. „Es gibt siebzigtausend Schleier zwischen euch und Mir, aber keinen zwischen Mir und euch."

(So ein Prophetenwort) Sufismus kann durch kein theoretisches Studium erlangt (erkannt) werden, sondern er kann nur durch praktisches Handeln gelebt werden. Und ein bisschen Unbehagen habe ich, dass der Sufismus keineswegs toleranter als der Islam der schiitischen oder sunnitischen Rechtsschulen sei. Das kann man nicht ganz ausblenden. Maulana Dschelaladdin RUMI, der grosse Mystiker des Islam, ist ein Juwel der religiösen Weltliteratur.

Es war ein guter Fingerzeig von Dir, Ludwig, dass Du mir mitgeteilt hast, dass Du dem Sufismus nahestehst, ich sage es ehrlich, ich wäre nicht auf diese Verbindung von allein gekommen. Nun sehe ich Dich noch grösser im Weltganzen.

Ich bin kein Anhänger des Sufismus, ich bin kein Anhänger auch nur einer einzigen Schule. Jede vorgegebene Konfession lehne ich ab. Religionen können mir Wegweiser sein – doch ich habe längst erfahren, dass es im Denkurwald keine Wegweiser gibt.

Und es ist nicht wegzudiskutieren, dass die Religionen Millionen von Toten, Morden auf dem Gewissen haben. Ich denke mir, dass ohne Religion die Welt menschlicher wäre. Es geht doch einfach um die mitgefühlte Menschlichkeit, das Sichrespektieren. Dass der Sufismus eine tolerante Strömung sei, gehört zu den Fiktionen der europäischen Islamschwärmerei und wird durch historische Fakten tausendfach widerlegt, sagte der Orientalist Tilman Nagel.

Welche Religion ist nicht intolerant? Und Buddhisten und Hinduisten schlachteten sich zu Hunderttausenden ab. Und es lebe die Inquisition! Aufs Konto all unserer Religionsstifter fliesst millionenfach hektoliterweise Blut.

Ich wünschte mir eine zukünftige Menschheit, wo sich einfach ALLE Menschen lieben, ohne jede Unterweisung, ohne Belehrung, ohne Kirchen und Religionsgemeinschaften, einfach aus dem Herzen heraus, weil sie denkende und fühlende Wesen auf diesem Staubplaneten Erde sind. Sich in diesem Kosmos, in dem wir total verloren sind, sich nicht zu lieben, ist ein Wahn, ein mörderischer Spuk. Wir brauchen keine Religionen, wir brauchen Mit-Menschen, denen wir die Hand geben dürfen. So gesehen ist das Menschliche das Göttliche, das wir anbeten dürfen. Die Menschheit auf dem Weg zu Gott, da brauchen wir keine Religionspartikularinteressen.

Nun habe ich aber wiederum recht gezwackelt, Du darfst schmunzeln.

Für St. Moritz wünsche ich Dir eine gute Zeit.

Herzlich grüsst Dein Paul

22. 7. 2017

Lieber Ludwig

Heute Nacht las ich hundert Seiten im Roman „Das Gras" von Claude Simon (er erhielt 1985 den Literaturnobelpreis), seine Sätze sind meist viele Seiten lang, mit eingeklammerten Einschüben, das faszinierte mich. Doch ich muss gestehen, ich weiss nicht, was ich gelesen habe, habe keine Ahnung, um was es geht. Es gibt Tausenderlei Details, doch ich konnte noch kaum einen Zusammenhalt ausmachen. Das ist ja schon fast faszinierend: ich lese und lese und habe keine Ahnung, was ich lese. Ich bin irgendwie leider immun gegen diese

Art von Literatur … Einen Zusammenhang, wenn es den überhaupt gibt, konnte ich noch nicht ausmachen

Dass heute Samstag Dein Brief mit dem Zustupf nicht gekommen ist, beunruhigt mich schwer. Wie soll ich weiterleben? Ich hoffe nun, dass er am Montag kommt, doch ich weiss auch, dass die Postzustellung in Rorschach sehr wacklig, nicht zuverlässig ist. In Zukunft bitte ich Dich, alle Briefe mit Zustupf eingeschrieben zu schicken. Ich habe jetzt nur noch 50 Franken, und damit kann ich nicht bis zum 7. August leben, früher bekomme ich von der KESB kein Geld. Wegen meines Geburtstags habe ich mehr ausgegeben als sonst, zudem waren meine Nebeneinnahmen in diesem Sommer annähernd bei Null. Die Zeitungskolumne wurde bis Mitte August eingestellt (Sommerferien), die Zeitschrift „Bauen heute" bei Brändle erschien in diesem Monat nicht. Von Brändle bekam ich bloss 105 Franken (sonst etwa 250 bis 300 Franken). Ich stecke in einem argen Finanzloch.

Heute fand ich für mein nächstes Buch das Formale: es sind lyrische Texte (einen Haupttitel habe ich noch nicht), im Blocksatz, surreal eingefärbt, ohne jede Satzzeichen. Vermutlich kann ich das durchziehen, ich sehe noch viele Ausdrucksmöglichkeiten. Ha, es wird etwas für fortgeschrittene Gisi-Leser. Ich kann meiner Fantasie vollen Lauf lassen, ohne dass ich Angst haben müsste, mich zu verirren, da der Mittelpunkt, mein Ich, mich tragen wird. Ich kann nichts schreiben, was „ausserhalb" von mir wäre. Noch das „Fernste" bleibt verbunden mit mir. Das Hauptproblem ist, dass ich Gedanken meide und mich ganz dem Bildhaften anvertraue; gerade die „kühnsten" Bildkombinationen, die scheinbar „nichts" mit mir zu tun haben, haben alles mit mir zu tun. Ich schreibe keine Metaphern, alles ist erfühlte Gegenwart. Ich glaube, mit meinen „lyrischen

Texten" kann ich meinem Werk etwas Neues anfügen. In „Simon der Dichter" (2016) habe ich schon interpunktionslose „Suaden" eingefügt, nun erhebe ich dieses „Formprinzip" zu einem eigenständigen Werk. – Als Anhang kommen dann meine „Ratschläge für einen jungen Lyriker", „Sei klar wie eine Galaxie". Doch bis ich meine neuen „Suaden" geschrieben habe, dauert es bis etwa Ende dieses Jahrs, so denke ich. Also in diesem Jahr publiziere ich bei BoD nichts mehr. Vielleicht verhilfst Du mir nächstes Jahr nochmals zu einer BoD-Publikation, ja? Doch diese neuen „Suaden" erfordern vollumfassende Substanz von mir, ich weiss noch nicht, ob ich sie vollenden kann. Doch ich bin guten Mutes.

Ich konnte leider noch keine Exemplare von „Das Universum setzt Segel" kaufen, da ich Dein Geld hiefür für den Lebensunterhalt einsetzen musste. Das ist eine prekäre Situation, denn ich möchte mindestens etwa acht Exemplare verschenken. Auch wenn ich „dichterisch" wieder auf Kurs bin, ist meine finanzielle Lebenssituation bedrängend karg. Ich glaube auch, dass „Das Universum setzt Segel" eine spirituelle Einfärbung hat, dass es mein spirituellstes Buch ist, das ich geschrieben habe, wie Du goldrichtig erkanntest. Mein nächstes Buch, die lyrischen Texte, wird ein brodelnder Eintopf an Bildern (ich bin ein verhinderter Maler). Siehe „Oleivo der Maler". Und meine Liebe zu den Surrealisten lasse ich vergnügt ins Kraut schiessen. Was ist die Surrealität anderes als die Realität hinter der Realität? Ein bisschen sage ich mit Picasso, ich suche nicht, ich finde; die Bilder finden mich auf, ich muss nur offen für sie sein. Ich will eine „Gegenwart" gestalten, wortmalen, die auch noch in hundert Jahren als Gegenwart erkannt werden wird.

Deine Werke, Ludwig, werden in fünfzig, hundert oder fünfhundert Jahren die Menschheit überstrahlen – meine Werke werden, wenn überhaupt, als ein spätes dichterisches lyrisches Werk eines letzten Glühwürmchens gelten. Sappristi! Vielleicht habe ich zu viel publiziert und ersaufe in meinem Werk, aus dem das Beste noch herauszudestillieren wäre. Vielleicht habe ich wie der österreichische Lyriker Theodor Kramer zu viel publiziert: er wird weit unterschätzt. Doch man müsste eine Auswahl von ihm treffen, diese wäre prickelnd herrlich. Auch bei mir müsste man eine Auswahl treffen. Es wäre wundervoll, ausgewählte Gedichte 1970 bis 2017 von mir in einem vier- bis fünfhundertseitigen Band zusammenzufassen (mit einem profunden Nachwort), dann könnte mir niemand mehr meinen Rang streitig machen. Doch jetzt bin ich recht verzettelt mit meinen Büchlein in Kleinverlagen und in meinem Selbstverlag, der Edition Lucrezia Borgia. Doch henu, es ist, wie es ist. Ich bin mit meinen Publikationen nicht unglücklich. Sie s i n d und könnten neu entdeckt werden. Wer weiss.

Ich werde wohl kritischer und kritischer; bei der Lektüre von Teilhard de Chardins Buch „Die Zukunft des Menschen" dachte ich mehrmals, das ist kein besonders gutes Buch von ihm. Es ist zusammengestückelt. Doch die Wiederbegegnung mit Pierre Teilhard de Chardin hält an. Ich freue mich riesig darauf. Auch manche Bücher von Eugen Drewermann möchte ich nochmals lesen. Ich möchte noch so vieles lesen …, doch ich gedenke gelassen, es macht nichts, dass ich vieles aus der Weltliteratur nicht kenne. Auch von Hans Küng, Sri Aurobindo und Hans Urs von Balthasar kenne ich noch viel zu wenig. Ich hoffe, der „Himmel" gewährt mir noch zehn Erdenjahre, in denen ich viel lesen kann. Doch ich bin ja schon so weit, dass ich Claude Simon nicht mehr „schnalle". Herrgottjammersnochmal! Sri Aurobindos Werke umfassen dreissig Bände. Ludwig

Weibels gesammelte Werke werden wohl über fünfzig Bände sein. Da bleibe ich ein Strudelwurm.

23. 7. 2017

Im „Kater Murr" (vollständiger Titel: „Lebens-Ansichten des Katers Murr nebst fragmentarischer Biographie des Kapellmeisters Johannes Kreisler in zufälligen Makulaturblättern") schrieb E. T. A. Hoffmann: „Die herrlichsten göttlichsten Wunder geschehen in dem innersten Gemüt des Menschen selbst und diese Wunder soll er laut verkünden, wie er es nur vermag, in Wort, Ton oder Farbe." Das ist doch ein wunderbares Credo der Kunst.

25. 7. 2017

Heute Nacht beende ich die Lektüre von Claude Simons Roman „Das Gras", ich lese ihn jetzt doch noch zu Ende. Nach und nach begriff ich ihn sogar. So ab Seite 150 begann ich zu merken, um was es geht. Doch uff, was für eine Lesemurks.

26. 7.2017

Heute Mittwoch kam, wie ich Dir am Telefon schon sagte, Dein Brief mit dem Zustupf. Ich danke Dir ganz, ganz herzlich!

Da bin ich auf einen Satz von Paul Valéry gestossen. „Zwei Gefahren bedrohen unaufhörlich die Welt: die Ordnung und die Unordnung." – Köstlich!

Nun lese ich den Roman „Der Wind von Claude Simon; obwohl mir sein Roman „Das Gras" Mühe berei-
tete, habe ich „Appetit" auf seine Art zu schreiben. Der
„nouveau roman" ist etwas Herrliches, sobald man begonnen hat, diese unzähligen Details, die von verschiedenen Perspektiven erzählt werden, zu mögen, ihnen
auf die Schliche gekommen ist.

Dennoch und gleichzeitig: Dass Du die Romane von
Claude Simon nicht kennst, macht nichts, denn irgendwie sind sie auch total unwichtig geschwätzig. Verglichen zu Deinen Büchern, können sie nicht mithalten.
Du hast Lebenssubstanz. Ich denke auch an Pierre Teilhard de Chardin: was für eine gültige Bereicherung.
Bon, Literatur darf anders sein, doch auch beim zweiten
Roman, den ich von Simon lese, denke ich: völlig über-
flüssig. Viel Lärm um nichts. Einen Roman, in dem zu
viel Zigaretten geraucht wird, lehne ich ab. Das war
auch beim „jüngern" Schweizer Schriftsteller Giuseppe
Gracia, den ich persönlich sehr gut und nahe kannte,
der Fall: Ich brach mit ihm, weil in seinen Büchern zu
viel Zigaretten geraucht wurde. Da mache ich keine
Kompromisse! Mir ist das zu billig. Groschenromann-
nah. Wenn die Gedanken ausgehen, zündet man sich
eine Zigarette an, wie stumpfsinnig. (Zudem: Giuseppe
Gracia ist Mediensprecher des erzkonservativen Churer
Bischofs Huonder, dieser Halunke, der Bischof eben,
ist mir ein Gräuel.) Positiv zu denken ist schwierig bei
diesem Pack von Politikern und „christlichen" Kirchen-
fürsten. Sogar mit der positiven Schau des Menschen,
der Welt, des Kosmos eines Teilhard de Chardins habe
ich mehr und mehr Mühe. Seine „mystischen" Schriften
stehen mir zurzeit eher entfernt. Er färbt „kirchenge-
treu", obwohl ihn die Kirche auf den Index setzte,
manchmal fast dogmatisch sein Weltbild ein. Da ver-

niedlicht er sich selbst. Im Grunde hatte er einfach den Mumm nicht, als Jesuit „der Mutter Kirche" frontal entgegenzutreten. Da war Nietzsche stärker ... Dennoch denke ich, dass Teilhard de Chardin mit Albert Einstein und Sigmund Freud einer der besten, grössten Köpfe des 20. Jahrhunderts war.

28. 7. 2017

Du kommst wohl dieses Wochenende nach Hause, ja? Die Frist für den Deutschen Selfpublishing-Preis dauert noch bis Montag, kannst Du bis dahin das PDF von „Das Universum setzt Segel" dorthin mailen? Es sei doch gewagt, verlieren können wir nichts, aber, sofern die Sterne günstig stehen sollten, gewinnen. Schon der Umschlag mit Deinem herrlichen Pendelbild hätte einen ersten Preis verdient ...

Ich wünsche Dir ein schönes Wochenende, herzlich grüsst Paul

29. 7. 2017 (nachts)

Lieber Ludwig

Obwohl ich schon mindestens in fünfzehn Büchern lese, habe ich heute Nacht drei neue Bücher zu lesen begonnen: Jean-Jacques Rousseau, Pierre Jean Jouve, Michel de Montaigne. Alle begeistern mich, dennoch hält mich keines lange Zeit; ich bin sehr unruhig. Mir fehlt zurzeit die Contenance. Zwischendurch schreibe ich an meinen lyrischen Texten, und ich glaube, da konnte ich doch zwei, drei gute Schritte machen. Es geht vorwärts, doch ich bin mir bewusst, dass ich nichts forcieren kann und darf. Jetzt bin ich am fünften Kapitel, das Gesamt soll mindestens 30 Kapitel haben. Ich sehe jetzt schon: Etwas in dieser Art gab es noch niemals, mindestens kenne ich nichts Derartiges. Und Du weisst, es mir wichtig zu wissen, dass es in den letzten dreitausend Jahren noch nichts Ähnliches gab. Nur was ich und sonst kein einziger Mensch auf der Welt zu schreiben befähigt ist, ist es wert, von mir aufgeschrieben zu werden. Das ist mein Massstab. Und wenn kein Mensch meine lyrischen Texte versteht, so ist mir das egal; ich schreibe sie von meiner Gegenwart in die zukünftige Gegenwart hinein. Ich huldige keiner Mode, ich schreibe wortklangbildmalerisch existenziell, und das hat auch in hundert Jahren keine Alterserscheinung. Ich vom Surrealismus beeinflusst, doch dies ist ein bisschen von Erosionen betroffen.

So, nun habe ich aber wieder gezwicktzwackelt. Irgendwie freue ich mich, wenn Du wieder in Gossau bist, quasi in der Nähe.

Liebe Grüsse des alten Zackenbarschs Paul

Das zeitgenössische lyrische Gebrabbel

30. 7. 2017

Lieber Ludwig

Letzte Nacht las ich in einem Zug Jean-Jacques Rousseaus „Die Träumereien des einsamen Spaziergängers"
als Wiederbegegnung, es war eine gute Lektüre. Doch
selbst in seinen desillusioniertesten Passagen ist
Rousseau etwas parfümiert selbstverliebt; da kann er
nicht mithalten mit Plutarchs „Von der Ruhe des Ge-
müts", er findet nirgends die Dimensionen von Au-
gustinus' „Bekenntnissen" oder von Aristoteles' „Ni-
komachischer Ethik" oder von Epikurs „Von der
Überwindung der Furcht". Rousseaus etwas leiden-
schaftslose Greisenansichten ermüdeten mich zuweilen.
Nun, ich will demnächst meine Lektüre gravitations-
mässig auf die alten Griechen und Römer verlegen. Ich
habe 32 Bände, von denen ich viele noch nicht gelesen
habe. Es freut mich, Leseziele vor mir zu haben! Plini-
us' „Sämtliche Briefe" sind für die Gegenwart wichti-
ger als all dieser Bestsellerramsch, mit dem uns Orell
Füssli um die Ohren haut. Und Catulls Gedichte sind
aufwühlender als das meiste zeitgenössische lyrische
Gebrabbel. Ich freue mich riesig auf diese umfassende
Lektüre der alten Griechen und der Römer. Nun habe
ich für ein, zwei Jahre ein Leseziel! Im Grunde genommen liebe ich die französische Literatur sehr, doch
Claude Simon mit seinen Tausenden von bedeutungslo-
sen Details hat mir den Wind aus dem Segel genommen. In hundert Jahren ist Simon Ramsch. Doch auch
noch in fünfhundert Jahren wird der Liebesroman „Die
Abenteuer der schönen Chariklea" von Heliodor (He-
liodoros von Emesa, 3. Jahrhundert n. Chr.) mit Begeisterung gelesen. Das gegenwärtige (zeitgenössische)
Literaturschaffen bläht sich masslos auf, es meint, als

sei es per se wichtig, was in meinen Augen ein Blödsinn ist. Es ist weitgehend Spreu. Und wenn man den Kopf über Europa hinaushebt, käme auch das gigantische mehrbändige chinesische Werk „Djin Ping Meh", „Schlehenblüten in goldener Vase", ein Sittenroman aus der Ming-Zeit (chinesische Dynastie, 1368 bis 1644) ins Visier (ich habe diesen Romanzyklus ganz gelesen). Mich fröstelt es immer wieder über die eurozentrierte Denkweise, Kunstauffassung. Die Erde besteht nicht nur aus Europa, es gab die hochstehende Kultur der Ägypter, der Maya, der Chinesen, der Inder, des Arabischen. Einer der ganz grossen deutschen Lyriker, Paul Celan, bringt es weltweit gesehen höchstens zu einer Fussnote. Ich bin immer wieder entsetzt über die arrogante Blindheit der zeitgenössischen Europäer, die wenig mehr als vielmordende Völker aufzuweisen haben. Viele europäische grosse Namen waren Psychopathen, Neurotiker, Paranoiker, Wahnsinnige. Ich empfinde das europäische Gemisch vielfach als Abschaum, als Albtraum von Grössenwahnsinnigen. Sicher ist für mich, dass Europa als Kulturgebiet weltweit ausgespielt hat, dekadent geworden ist. Die afrikanische und die südamerikanische Literatur sind stärker als das europaoide Grossklotztum. Vermutlich bin ich mit diesen meinen Ansichten alleine auf weiter Flur, henu, das stört mich nicht. Auch die japanische Philosophie und Literatur des 20. Jahrhunderts stellt das europäische Schaffen in den Schatten. Europa ist eine korrupte Wirtschaftsmacht, kulturell ist nicht mehr viel los (musikalisch auch nicht). Und, was mir nahegeht: Die afrikanische Lyrik ist strotzend von Kunst und Leben, ich denke jetzt besonders an die Lyrikanthologie „Antilopenmond. Liebesgedichte aus Afrika"; da können nur noch die nicaraguanische Lyrikerin und Romanautorin Gioconda Belli oder die uruguayische Dichterin Idea Vilarino mithalten, aber gewiss keine zeitgenössischen Europäer. Nach Else Lasker-Schüler ist das europäische

Liebesgedicht nur noch Fassade. (Ein Paul Gisi hat dies geändert, wer sieht das?). Ich liebe es zu denken, völlig individuell autonom, denn was schon gedacht worden ist, interessiert mich nicht beim eigenen Schreiben. Nur die Antworten, die noch nie gegeben worden sind, sind von Belang. Alles andere ist bloss Addition, Aufgewärmtes. Und mit dem beschäftige ich mich nicht.

Gestern habe ich Deine „sagenhaften Aphorismen" „Geborgenheit in Universenweiten" zu Ende gelesen: Wahrlich, fast jeder „Satz" hat mich bereichert, beschenkt, beglückt, zu weitern Gedanken geführt; ich freue mich, dass ich in den nächsten Wochen und Monaten noch weitere Bücher, die Du mir geschenkt hast, lesen kann. Wenn ich ein paar Tage keinen Ludwig Weibel lese, werde ich unruhig. Aber da Du schwierig bist (das ist ein Kompliment!), kann ich täglich, nächtlich immer nur ein paar Seiten lesen. Man liest ja einen Weibel nicht wie einen Roman, wie einen Essay. Jede Fiber ist bei Dir gefordert. Du kommst vom Gesamten des Seins und strömst ins Gesamte des Seins. Deine Buchseiten sind hochdosierte poetische Seins-Mystik, und das liest man eben nicht aus dem Effeff. Auch als Kunstwerke stehen Deine Bücher da, Deine Sprache ist sehr gewandt, flexibel, differenziert, rhythmisiert. Doch meistens ist jeder Satz bei Dir eine Überraschung. Ich weiss nie, „wie" es bei Dir weitergeht. Das ist herrlich bei Dir. Und ich muss gestehen, dass ich Dich nicht „zusammenfassen" könnte, es läge nicht in meinen Möglichkeiten. Du bist „zu weit" für mich. Und Deine „sufische Nähe", wie Du mir berichtetest, sehe ich im Grunde nur wenig. Deine Schriften haben nichts Derwischtanzberauschtes an sich, in sich, Du bist wohlüberlegt, sehr gütig, Du schliesst Andersdenkende nicht aus, Du übergibst Deine Gedanken wie Geschenke, auch wenn es Dich wenig bekümmert, ob diese „Geschenke" angenommen werden oder nicht. Du richtest nicht, Du zählst nicht, Du gibst, ungeachtet dessen, ob das abgenommen wird oder nicht. Und das gehört auch zu Deiner Grösse.

Heute machte ich mit Marcel einen Spaziergang in ein Seerestaurant in Goldach. Und jetzt, zu Beginn des Abends, beginne ich Jean Starobinskis Buch „Psychoanalyse und Literatur".

O weh, ich habe Computerprobleme, kann die Briefergänzungen nicht speichern, es kommt immer „schreibgeschützt". Nun, dieses Problem erübrigt sich wohl bald von selbst ...

Doch ich schicke Dir jetzt ab, was ich habe.

Herzlich grüsst Paul

4. 8. 2017

Lieber Ludwig,

ich las soeben Dein Mail. Dass Du so gut von mir denkst, ist mir eine grosse Beglückung. Ich habe „Sei klar wie eine Galaxie. Ratschläge für einen jungen Lyriker" noch ergänzt. (Ich habe jetzt 20 Seiten.)

Mein neustes Werk, das ich nun in Bearbeitung habe, heisst „Mit Worten aus Flammen. Lyrischer Tex". Interpunktionslos und kapitellos rassle ich nun daher, es ist eine „Erkundung" der Welt, Grenzen gibt es keine mehr, Wirklichkeitserfahrungen und Illuminationen (Illusionen) sind gleichwertig, es gibt keine Logik, keinen Aufbau, dieser Text hat das „Fieber" eines Traums, die Leichtigkeit eines im Wind schwebenden Löwenzahnsamens. Im besten Fall wird dieser lyrische Text eine Summa meines Schaffens, ansonsten eben ein Absturz, eine Bauchlandung. Doch ich fühle mich „beflügelt", Wesentliches von meinem Denken und Fühlen in *eine* Dichtung zu führen.

Ich werde auch ein paar Brosmeten einweben. Ich schickte Dir in letzter Zeit kaum mehr eine Brosmete, weil ich die letzten nicht so gut finde. Doch ich habe ein paar auf Lager, die wunderprächtig in den Band „Mit Worten aus Flammen" passen werden. Und ich schreibe fast jede dritte oder vierte Nacht an diesem lyrischen Text; und dass ich sehr langsam vorankomme, betrübt mich nicht. Ich messe mir den Zeitraum dieses Jahres zu (so Pi mal Handgelenk gesagt).

Als sommerliches Amüsement zitiere ich Thomas Bernhard:

„Goethe hatte ein gestörtes Verhältnis zu den Bienen
Das weiss ich ab heute
Es ist alles falsch was er über die Bienen geschrieben
hat
Ein so grosser Geist wie Goethe
Und alles falsch"

Das vergnügt mich sehr!

Ich schrieb Dir letzthin, dass ich Albert Einstein und Pierre Teilhard de Chardin zu den zwei besten Köpfen des 20. Jahrhunderts zähle; eigentlich wollte ich von den „drei" besten Köpfen schreiben, dazu zähle ich noch Sigmund Freud. – In Deiner Sicht sieht das wohl anders aus, ja? Doch meine Gewichtungen sind ja bloss ein Gedanken*spiel.*

Ich bin glücklich, dass ich viele Stunden des Tags lesen kann.

In den nächsten Tagen lese ich – hoffentlich am Bodenseeufer sitzend – Dein Buch „Beglückungen und Visionen" zu Ende; Deine Bücher „Unter deines Seins Ägide", „Feingefühl für Ewiges" und „Grandiose Schau auf was du Bist" liegen lesebereit bei mir – und schon wieder kommt ein neues Buch von Dir, „Geniales Gebären": was für eine titanische Fülle! Ich komme mit dem Lesen kaum nach, was Du alles publizierst. Es ist absolut fantastisch! Da kann ich mich nur stumm verneigen. Ich brauche Monate, um ein Bändchen zusammenbringen zu können. Deine Fülle ist Gottes Geschenk, Seins-Geschenk. Ich bin nur ein kleiner Strudelwurm.

Rossini liebe ich mit manchen andern Belcanto-Opernkomponisten. Sein grossartiges Meisterwerk „Ermione" liebe ich seit über dreissig Jahren absolut sehr, ich habe eine wunderbarste CD-Einspielung, mit Sängerinnen und Sängern, bei denen es mir heiss und kalt durch den Körper, durch die Seele, durch den Geist jagt. Ich erschauere von dieser Schönheit! Was für eine Kühnheit!

Heute Nacht bin ich zu müde, um noch an meinem lyrischen Text zu schreiben; da muss ich sehr vital, vif, hochkonzentriert sein. Das ist mir nicht permanent vergönnt.

Ich wünsche Dir herzlich eine hochsommerlich heisse gute Zeit, lieb grüsst der alte Zackenbarsch Paul

Lieber Ludwig

all diese „aufgeklärten" Philosophen wussten weniger als die alten Chinesen, als Laotse. Das „Cogito ergo sum, je pense, donc je suis, ich denke, also bin ich" von René Descartes ist natürlich ein Schmus, wie Du richtig gesagt hast. Generationen liefen in diese Falle. Für Kant ist das Ich eine rein logische Grösse, das ist Quatsch! Das Ich besteht aus Imponderabilien, man denke nur an das Unterbewusstsein. Die Philosophie ist ein Tollhaus, in dem sich Narren austoben. Und wie wichtig kommen sich diese Philosophen vor, derweil sind sie kaum mehr als aufgeblasene Nullen.

Meinen lyrischen Texten gebe ich nun den Titel „Irrlichtertanz", denn der umfasst es besser, was ich mache. Meine Texte haben, so glaube ich, etwas Tänzelndes, Tänzerisches, und „Irrlicht" kommt dem näher, was ich schreibe. Ich brauche noch ein paar Monate, um nahe an das herankommen zu können, was ich versuche. Gewiss ist, ich bin nicht „aufgeklärt" (hahaa). Jene Texte, in denen ich mich dem Traum, dem Unterbewussten nähere, mögen wohl die besten sein. So denke ich frischfrommfröhlichkeck. (Das Surreale ist vielfach grösser als das Reale.)

Heute bezog ich in der Rösslitor-Buchhandlung in St. Gallen die zehn bestellten Exemplare von „Das Universum setzt Segel". Nun werde ich übers Wochenende ein paar versandfertig machen. Das ist für mich eine schöne Situation. (Ein Exemplar kostete Fr. 9.80 und nicht wie im Internet steht Fr. 8.90; doch ich bekam noch einen Mengenrabatt von 10 Prozent, insgesamt also Fr. 89.10.)

Alles in allem geht es mir nicht so gut, ich habe im Kopf so etwas wie ein Loch. Es fällt mir seit Tagen auch nichts mehr ein zu meinen lyrischen Texten. Die permanente Geldknappheit zerrt an meinen Kräften. – Und vom Versicherungsgericht habe ich über ein Jahr keine Meldung. Ich bin diesen stupiden verfaulten Richtern ausgeliefert. Schande über dieses Pack!

Mein Werk hat zutiefst keine gesellschaftspolitische Relevanz, es ist existenzialistisch, aufgefächert mit den Farben der Liebe und der Lust und der Fantasie, die aus tiefen „Urgründen" schöpft, so meine ich. Doch einmal ein Pamphlet über die Arroganz, Dummheit und bösartige Einseitigkeit der Gesellschaft zu schreiben, würde mich reizen, doch hierfür habe ich die Energie nicht. Ich ziehe mich viel lieber auf meinen Kern zurück …

Dieser Brief ist etwas fragmentarisch. Mir fehlt der Schwung.

Ich wünsche Dir, Ludwig, von Herzen ein schönes Wochenende und winke Dir zu, Paul

9. 8. 2017

Lieber Herr Gisi,

Vielen Dank für Ihren neuen, sehr schön aufgemachten Lyrikband «Das Universum setzt Segel» mit dem äusserst sinnigen Nachwort, in dem Sie sich als Lyriker erklären. Ich habe im Band bereits ein wenig «geschnuppert»: Mir gefällt die völlige sprachliche Reduktion in Ihren Gedichten: kein Wort zu viel, so dass jedes Wort bedeutungsschwer wird. Ich kann mir vorstellen, eines Ihrer lakonischen Gedichte in die 6.Auflage der «Struktur der modernen Literatur» aufzunehmen.

Ich rate Ihnen unbedingt zu einer Buchvernissage, damit Ihre Gedichte auch für die Presse bekannter werden. Am kommenden 10.September macht die Lyrikerin Adèle Lukàcsi in Schaffhausen eine solche Buchvernissage, wie Sie der angehängten Einladung entnehmen können.

Mit nochmaligem Dank und besten Grüssen

Mario Andreotti

13. 8. 2017

Lieber Ludwig

In den letzten Tagen beschäftigte ich mich mit Conrad Ferdinand Meyer, doch ich legte seine Bücher wieder zur Seite, seine marmorne formale Kälte, sein unterkühltes Pathos verhinderten mich, ihn ausgiebiger zu lesen. Ich wollte ihn umfassender lesen, doch es war mir nicht möglich. Auch sein verchrampfter Historismus (Historizismus) war mir zuwider. Ich kann alles in allem C. F. Meyer nicht zu den Grossen der Literatur zählen im Gegensatz zu Gottfried Keller, den ich liebe.

Ich schreibe nun an meinem „Irrlichtertanz"; der wird drei Teile haben. Der erste Teil (dafür habe ich noch keinen Titel) wird aus kurzen Gedichten bestehen, der zweite Teil heisst „Irrlichtertanz. Lyrische Texte", und der dritte Teil heisst „Sei klar wie eine Galaxie. Ratschläge für einen jungen Lyriker", den habe ich beendet. Ich hoffe, bis ca. Ende dieses Jahrs mit Teil eins und Teil zwei zu Ende zu kommen. Doch mein Schreibimpetus köchelt auf einer kleinen Flamme. Nächtelang kann ich nichts schreiben, vielleicht dann und wann ein paar Zeilen. Du schreibst auf höchstem Niveau jede Nacht, aus einer Fülle heraus, die mir fehlt. Ich muss mir jedes Wortbild abringen. Und oft schreibe ich, doch es genügt mir nicht, und das Geschriebene wandert in den Papierkorb. Neun Zehntel von dem wenigen, was ich schreibe, vernichte ich. Da verbleibt eben kaum mehr etwas. Ich frage mich bang, ist das, was ich schreibe und behalte, für irgendeinen Menschen in zwanzig Jahren noch von Belang, geht es auch einen Menschen in drei oder vier Generationen nach mir noch etwas an?

Zurzeit lese ich einige Bücher von Thomas Bernhard, er ist gewiss einer der eigenwilligsten Schriftsteller Österreichs des 20. Jahrhunderts – doch er hat die „Weltgeltung" durch seine Manierismen und seinen wütenden Pessimismus verpasst.

Albert Rutz schreibt mir wieder! Ich schrieb ihm: „Ich reiche Dir meine Hand zur Versöhnung, nimmst Du sie an?" Und er antwortete mir: „Ja, ich nehme sie an." Es liess mir eben keine Ruhe, dass ich ihn mit dem Wort „Faultierhaftigkeit" verletzt habe. Irgendwie bin ich froh, dass wir nun wieder Briefkontakt haben. Meine Widerborstigkeit freut mich längst nicht immer.

15. 8. 2017

Gestern korrigierte ich bei Brändle Druck in Mörschwil die Zeitschrift „Bauen heute". Es war die letzte Nummer, die Zeitschrift stellt ihr Erscheinen ein. Das bedeutet für mich monatlich einen Nebeneinnahmenverlust von ca. 150 Franken. Das ist arg. Nun kann ich bei Brändle nur noch das „Gemeindeblatt" korrigieren, alle zwei Wochen, da komme ich kaum auf drei Stunden insgesamt. Meine Finanzsituation liegt extrem im Argen!

Und der Rekurs der Anwältin Frau Guyot liegt immer noch unbearbeitet beim Versicherungsgericht, nun seit über einem Jahr. Leben wir wirklich „in der besten aller Welten", wie Voltaire meinte? Verarmte Poeten bestimmt nicht! Ich möchte noch meinen „Irrlichtertanz" beenden, dann ziehe ich mich in mein letztes Schweigen zurück.

Du ahnst kaum, lieber Ludwig, wie eng es für mich geworden ist. Ich müsste längst eine neue Jeanshose kaufen, doch bei meinem „Budget" liegen dafür keine 70 Franken (oder so) zur Verfügung. Und auf den Winter müsste ich mir eine warme Wolljacke anschaffen, doch das ist nicht möglich. Heute war ich im Caritas-Laden in St. Gallen, er führt nicht mal Eistee, den ich so viel trinke. Jeder Tante-Emma-Laden früher hatte ein ungleich grösseres Sortiment wie dieser schlecht geführte Caritas-Laden. Man spürt im Caritas-Laden, dass sie sich im Grunde nicht allzu sehr um die Armen kümmern, Geschäft ist Geschäft. Gut, es gibt einige sehr billige Angebote, doch diese sind die Ausnahmen. Teigwaren sind sehr billig, doch wenn man Bratwürste zu Rösti kaufen will, fällt das sofort ins Portemonnaie. Es geht mir finanziell schlecht. Du schickst mir ja diese Woche noch einen Zustupf – ob ich damit bis zur nächsten Zahlung am 6. September haushalten kann?

Marcel hat sehr viele Probleme; gestern ging er zu einem Psychiater, doch der lehnte ihn ab. Marcel ist in einem Lebenstief, das macht mir Sorgen. Etwas Schönes ist für Marcel: Er hörte von seinem Vater etwa 35

Jahre nichts mehr, und nun hat er dank Facebook Kontakt mit ihm; sein Vater lebt in Brasilien, nahe bei Rio de Janeiro, nun telefonieren sie sich nachts stundenlang (gratis via Internet). Marcel vermisste seinen Vater sehr, in seiner Jugendzeit wie auch heute. Und nun haben sie sich gefunden dank Internet, das „versöhnt" mich mit dem nicht geliebten Internet. Sein Vater spielt auch Jazz und er spielte es ihm vor: auch ich fand das begeisternd. Und ich bin verblüfft, wie ähnlich Marcel mit seinem Vater ist: beide sind Fantasten, unterscheiden Realität und Irrealität nicht immer. Ich mailte seinem Vater auch schon, und die Antwort war ein köstliches Wirrwarr; er ist zwei, drei Jahre jünger als ich – und „geschäftet" kreuz und quer. Vieles bleibt für mich rätselhaft. Doch auf mich kommt es nicht an, es ist gut, dass Marcel seinen Vater im fernen Brasilien gefunden hat.

Hast Du gelesen, dass zum Deutschen Selfpublishing-Preis 1800 Bewerbungen eingetroffen sind? Mein „Das Universum setzt Segel" hätte schon wegen des schönen Umschlags mit Deinem genialen Pendelbild den 1. Preis verdient. Hoffentlich sehen die Juroren das auch so (doch leider bin ich immer wieder Pessimist). Das „positive Denken" hat für einen selbst einen guten Einfluss, doch es bewirkt für das „Allgemeinere" leider nichts, da bleibt es schlicht folgenlos. Was ich denke oder nicht denke, interessiert im Grunde genommen niemand.

Heute las ich Dein Buch „Beglückungen und Visionen" am Bodenseeufer höckelnd zu Ende: was für eine tiefe Bereicherung! Und noch habe ich drei Bücher von Dir, die ich noch nicht gelesen habe: „Feingefühl für Ewiges", „Grandiose Schau auf was du Bist" und „Unter deines Seins Ägide"; welches Buch von Dir beginne ich morgen oder übermorgen zu lesen? Ich weiss es noch nicht … Doch ich freue mich wahnsinnig darauf.

Es gibt niemanden auf der Welt, der so schreibt wie Du. Das ist ein Fascinosum. Und jedes Buch von Dir ist gleich „hoch" gestimmt. Alle Deine vielen Bücher sind eine EINHEIT, die überwältigt. Ich bin begeistert von Dir. Du bist ein Genius für die Jahrhunderte! Deine Bücher sind gottnah, Seins-nah inspiriert, und das überzeugt. Und Du bist sehr sprachmächtig, wortmächtig. Du bist ein Philosoph, ein erleuchteter Menschenführer, ein Sänger des Seins, ein sufisch-theosophisch-anthroposophisch-esoterischer Weiser.

„Irrlichtertanz" möchte ich gern mit Deiner Hilfe nächstes Jahr bei BoD publizieren, und dann höre ich auf! Dann ziehe ich mich, wie gesagt, auf mein Schweigen zurück. Und wenn ich dann noch zehn Jahre lebe, ist es doch schön, in den letzten zehn Lebensjahren nichts publiziert zu haben.

So sieht mein „Zwischenstand" heute aus.

16. 8. 2017

Heute beginne ich mit der Lektüre von Sergei Timofejewitsch Aksakovs Roman „Bagrovs Kinderjahre"; ich glaube, das wird mir viele schöne Lesestunden bescheren.

17. 8. 2017

Was für ein ausgefüllter Lektüre-Sommertag! Ich las im wunderschönen Roman „Bagrovs Kinderjahre"

(Bagrovs fiebrige Jagdleidenschaft fürs Fischen behagt mir ganz und gar nicht; überhaupt sind mir die Jägereinsprengsel ein Graus), Gedichte von Paul Zech, in „Des Menschen Welt und Gott" von Ladislaus Boros und, am Bodenseeufer sitzend, in Ludwig Weibels „Grandiose Schau auf was du Bist. Begeisterung am Sein und Leben". Herrlich!

„Bagrovs Kinderjahre" verdriesst mich mehr und mehr. Ich hasse nun mal alles Jägerische.

Ich wünsche Dir ein schönes Wochenende, liebe Grüsse Paul

30. 8. 2017

Lieber Ludwig

Heute weinte ich sehr, obwohl ich dies erwartet habe. Gegen die Phalanx all der korrupten, mafiosen Richter (auch in der Schweiz ist es so, ich übertreibe leider kein bisschen) kommen wir nicht an. Der Brief des Gerichts, der SVA ist im Grunde ein staatlich bevollmächtigter Erpresserbrief; entweder ich ziehe den Rekurs zurück, oder ich muss mehr zahlen und ich gehe aller möglichen zukünftigen Ergänzungsleistungen verlustig, die ich ja doch nie erleben werde. Mein ohnehin eher schwacher Lebenswillen hat heute einen schier tödlichen Schlag erhalten.

Du hast Dich bewundernswert für mich eingesetzt, ich danke Dir. Ich flehe Dich an, mich nicht zu verlassen. Hilfst Du mir weiterhin? Herzlich grüsst Dein erschütterter Paul

1. 9. 2017

Weder in Nordkorea noch im Zwergenstaat Schweiz gibt es RECHT; es ist wie im Tierreich, der Stärkere frisst den Schwächeren. Die Gutbezahlten knütteln erbarmungslos die Schlechtbezahlten. Das nennt man in der verwerflichen Schweiz Sozialhilfe. Ich bin müde, lebensmüde. Heute habe ich den zweiten Teil von "Irrlichtertanz", die Fantasiestücke, abgeschlossen, doch wozu? für wen? Und warum sollte ich noch Gedichte schreiben, wenn ich Durst und Hunger habe? So kann und will ich nicht mehr leben.

Ganz liebe Grüsse, Du – Dein Paul

2. 9. 2017

Von Goethe würde man heute sagen er war ein Päderast, Schiller war ein Perverser, der nur bei verfaulenden gärenden Apfelschnipseln seine blutleeren Dramen und Phraseologien schreiben konnte. Picasso war ein Sadist, Zola war arrogant bis zum Kotzen, Sri Aurobindo ein indischer Nationalist usw. Usf. Im Bereich der Philosophie und der Kunst gibt fast nur Nieten. C. G. Jung und Martin Heidegger waren Nazischweine. Auch Hamsun und Pound. Gottfried Keller war opiumsüchtig, er irrte über die Felder, um Mohnpflanzen zu sammeln und deren Saft zu konsumieren. Das steht natürlich nicht in den Schulbüchern.

Die ganze Literaturgeschichte ist Lug und Trug. So wie die "soziale Schweiz". Paul

Lieber Ludwig

Ich fiel vergangene Nacht in ein "schwarzes Loch", deshalb die bittern Mails. Entschuldige bitte. Heute geht es mir wieder gut, ich denke wieder positiv.

Salü, Paul

2. 9. 2017

Lieber Ludwig

Gross war meine Freude, als heute wieder ein neues Buch von Dir kam. (Es ist Dir bei der Postadresse ein Missgeschick passiert, Du schriebst die Postleitzahl „9000" anstatt „9400"; doch die Post hat das richtig korrigiert und mir zugesandt.)

Deine handgeschriebene feinsinnige Widmung freut mich tief! Ich finde sie wunderbar.

Jetzt lese ich „Grandiose Schau auf was du Bist" zu Ende, und dann wähle ich als nächste Lektüre von Dir zwischen „Unter deines Seins Ägide", „Feingefühl für Ewiges" und „Genialisches Gebären". Deine Bücher sind – lasse es mich einmal so sagen – wie Likör (süsser Branntwein) für Herz, Seele und Geist.

Dein Werk hat eine titanische Grösse an Umfang, aber auch eine geniale, immer gleichbleibende Höhe, das beeindruckt mich sehr; ich bewundere Dich.

Herzlich grüsst Paul

Lieber Ludwig,

Dein heutiger Brief hat mich tief bewegt. Ich bewundere Dich, Deine schöpferische Schaffenskraft; Du bist so erd-, menschennah und doch wie eine Stimme aus dem Himmel. Niemand in diesen tumultuösen (politischen) Zeiten ist so weise, so gütig wie Du. Deine Gedanken haben mein spätes Leben existenziell beeinflusst. Dafür bin ich Dir unnennbar dankbar. Seit Jahren unterstützt Du mich, seit Jahren darf ich in Deinem Werk lesen. Mein „Lebensabend" ist ohne Dich nicht vorstellbar. Ich habe etwas Angst, dass ich ein „Alzheimer" werde, denn mein Gedächtnis hat immer wieder Stockungen, Aussetzer. Es fällt noch nicht auf, ich kann das überspielen – doch wie lange noch?

Heute las ich den Roman „Mathieu oder die Ausschweifungen des menschlichen Geistes" von Abbé Henri Joseph du Laurens aus dem 18. Jahrhundert zu Ende; bis auf wenige Seiten, die ich übersprang (Folter der Inquisition), war dieses Buch ein intellektueller Lesegenuss. Jetzt nehme ich als Wiederbegegnung die Bücher von Doris Lessing, die ich sehr liebe, in die Hand.

In den letzten Wochen hatte ich etwas Probleme mit den Augen, das heisst mit dem rechten Auge. Ich bekam fast Panik, denn was sollte ich machen, wenn ich nicht mehr lesen könnte? Doch heute ist diese „Störung" weitgehend vorbei, ich atme auf. Ich habe grosses Vertrauen in die selbstheilenden Kräfte der Natur.

Ich sage es ehrlich: Wenn ich einmal an einem Tag keinen Ludwig Weibel lese, nicht in Deinen Büchern lese, fehlt mir etwas. Deine lebenseinfühlenden Auffächerungen sind einfach wunderbar, als hätte der Himmel die Erde geküsst. Deine Sprache und Dein Inhalt entfalten einen „Sog", der mitnimmt, ins Weite führt. Du bist mir längst lebensentscheidend wichtig geworden. Verglichen zu Dir sind doch die meisten Philosophen Hohlköpfe, sich selbst bespiegelnde Eitelkeiten. Ich kenne keinen Menschen in der Kulturgeschichte, der so bescheiden, so sanft ist wie Du – und so souverän überlegen. Du bist in der heutigen Zeit des blamablen Scheins eine wahre Supernova.

Ich hatte ein schönes, intensives Leben – erst in den letzten zehn Jahren ist vieles bei mir entgleist. Ich habe keine Angst vor dem Sterben, denn ich habe gelernt – hauptsächlich durch Dich – dass das eine schöne Wandlung ins höhere Sein bedeutet. Doch ich möchte Marcel noch eine Zeitlang nicht allein lassen, wir sind uns ans Herz gewachsen. Was machte er ohne mich?, das ängstigt mich.

Wenn ich an „Irrlichtertanz" schreibe, bin ich ganz bei mir. Teil zwei und drei sind beendet, nun brauche ich für Teil eins noch gut dreissig, vierzig Gedichte, doch diese kann ich nicht aus dem Ärmel schütteln. Ich hoffe, Du machst mir „Irrlichtertanz" für Books on Demand, dann will ich zu publizieren aufhören. 108 Opera sind dann genug.

Manchmal denke ich mir, es wäre schön, mein Leben im elsässischen Trappistenkloster, in dem ich Postulant war und entscheidende Impulse für mein ganzes Leben erhielt, zu beschliessen, doch das ist leider nicht möglich, ich gehöre seit 1984 nicht mehr der katholischen Kirche an (ich bin ausgetreten). Mein Platz ist jetzt bei Marcel, und das ist schön, gut und richtig. Ich liebe und suche Gott, doch ich kenne keine Religion, die ich bejahen könnte. Alles festgefahrene Überzeugtsein ist mir ein Gräuel. Wahrheit ist wie das Fluten eines Stroms, die Wellenbewegungen des Lichts: Ein für allemal festnagelbar ist da nichts. Die Fluoreszenz in Deinen Büchern begeistert mich, liebe ich. Du hast einen Tonfall, der mich, überlasse ich mich ihm, betört – deshalb sprach ich im letzten Brief etwas gewagt von Likör. Du wirst das schmunzelnd zur Kenntnis genommen haben, ja?

Wie ich wohl unvollständig überblicke, hast Du in den letzten zwei Jahren über 40 Bücher publiziert, das geschah in der Weltgeschichte zuvor noch niemals. Du bist ein Genie des Herzens, der Kunst, der Religion, der Philosophie. Du bist einer der grössten Geister der Menschheit.

Ich bin glücklich, dass wir uns kennen dürfen, dass auch ich Dir ein paar meiner Werke geschickt haben durfte, dass Du bereits sieben Bücher von mir bei BoD gemacht hast. Ich bin Dir für alles unendlich DANK-BAR.

Sitzt Du nun am Cheminée und liest Mörike, spielst Du am Flügel Schumann?

Ich wünsche Dir eine gute Nacht und eine gute Woche, herzlich grüsst Dein Paul

5. 9. 2017

Lieber Ludwig

Ich habe sehr viel über „Irrlichtertanz" nachgedacht. Es ist nun so, dass ich in den nächsten Monaten keine paar

Handvoll Gedichte, die mir genügen, zustande bringe. Ich würde jetzt gern „Irrlichtertanz" ohne die Gedichte publizieren; es sähe so aus: 1. Teil: „Irrlichtertanz. Fantasiestücke", 2. Teil: „Sei klar wie eine Galaxie. Ratschläge für einen jungen Lyriker". Das Bändchen würde eher schmal, doch das macht nichts. – Bist Du bereit, mir dies für BoD zu machen? Ich könnte Dir in den nächsten Tagen eine Word-Datei schicken. Im Impressum liesse ich das Erscheinungsjahr auf „2018" datieren, Du siehst also, es eilt nicht. Ich wäre Dir dankbar, wenn Du den Umbruch für mich machen könntest, ich kann das einfach nicht. Dürfte ich dann Dein Laptop haben? Die Fantasiestücke sind im Blocksatz, und ich glaube, da müsste ich doch einige Trennungen manuell ausführen, damit der Satz nicht zu „löcherig" wird.

Ich sprach das „Tagblatt", Rorschacher Ausgabe, auf mein Buch „Das Universum setzt Segel" an, schickte einen Brief und auch den Flyer, doch ich werde nicht mal mit einer Antwort „gewürdigt". Nun, ich kenne das eitle Pack der Tagblatt-Redaktoren und -Redaktorinnen; sie hätten mir mindestens ein Mail als Antwort geben können. Naja, wie Du richtig schriebst, ist das Zeitungsgequatsche durch und durch blamabel. Im Gesamten ist es mir absolut einerlei.

Was für ein herrlicher Sommertag nochmals: Ich habe ihn genossen? Musstest Du arbeiten – oder konntest mit dem Velo wegfahren?

Ich werde meine Lektüre nochmals „verwesentlichen", es lohnt sich nicht, *zu viel* zu lesen. Es kommt auf die „Höhe" des Buchs an.

Ich wünsche Dir ganz herzlich einen schönen Abend, grüssestens der alte Zackenbarsch Paul

Ich lese Sri Aurobindos „Alles Leben ist Yoga", es hat wunderbare Gedanken, doch mich verdriesst es, weil er so tut, dass alleine er wisse, was das Göttliche sei, wie das Göttliche wirke. Ich denke besser wie er von der vieltausendfältigen Schöpfung. Er hat etwas Rechthaberisches, Besserwisserisches, das mich zornig macht. Letztlich ist auch er nur ein eitler, von sich überzeugter Religionsphilosoph. Er spricht fast überall ex cathedra, und das ist dogmatischer Unsinn. Ich erwartete von Sri Aurobindo mehr, ich bin enttäuscht. Vermutlich lese ich sein Buch nicht zu Ende. Man kann es drehen, wie man will, sein Geist reicht kaum an die Fussknöcheln eines (westlichen) Pierre Teilhard de Chardin heran. Aurobindo ist durch und durch ein Esoteriker, nur für „Eingeweihte" bekömmlich.

Ich denke mir, ALLE Religionen sind Opium fürs Volk; wer Gott sucht, braucht keine Religion. Die Schöpfung braucht keine Transzendenz, sie ist diaphan fürs Göttliche. In den millionenhaften Kleinlebewesen spiegelt sich das Göttliche besser als in jeder philosophischen Idee. Auch da irrte Aurobindo. Geist ohne Einbezug der kleinsten Lebewesen taugt zu nichts, ist Blasphemie, Trug. Das Göttliche wirkt nicht nur im Menschen, sondern auch in den Kugelfischen, Flossenfusslurchen, Grünlingen, Krötenfröschen, Weinbergschnecken, Schlüsselblumen, Farnpflanzen, Nachtschattenartigen, Sternhaufen, wer das nicht einbezieht, faselt wie Sri Aurobindo einfach drauflos. Der Geist ist nichts vom Geschöpflichen Losgelöstes. Ich werde Aurobindo zur Seite legen, er bietet mir nichts Wesentliches. Paul

Lieber Ludwig

Es ist herrlich, im eignen Tusculum zu denken, zu lesen, Musik zu hören, zu schreiben. In der Geschichte der Philosophie und der Anthropologie wie auch in der Anthroposophie wird unentwegt kolportiert, dass es in der Evolution (in der Schöpfung) so aussieht, dass alles Stufen um Stufen zum Geistigen des Menschen sind. Da widerspreche ich als kleiner Zackenbarsch ALLEN gängigen Ansichten. Der Geist des Menschen ist zum einen Teil sicher etwas Herrliches, er kann aber auch der Grund zur Vernichtung allen Lebens sein. Wenn man die Biodiversität betrachtet, stellt man mit Grausen fest, dass der Geist des Menschen schon Tausende von andern Lebewesen ausgerottet hat und immer noch ausrottet, aus Egoismus und Habsucht. Dass der Mensch „die Krone" der Schöpfung sei, verneine ich vehement. Der Tausendfüssler ist in sich vollendet, es gibt nur wenige Menschen, die es zum vollendeten Menschen gebracht haben. Die Natur braucht den Geist des Menschen nicht. Klar, es ist wunderbar, zu erkennen, dass man erkennen kann, übers Universum nachzudenken – doch mit welchem Preis geschieht das? Es gibt Millionen von Menschen, die andere Millionen von Menschen abschlachten: sollte das die Krönung der Schöpfung sein? Nächstenliebe gibt es auch im Tierreich, und die ist dann selbstlos, ohne Berechnung.

Alles Geschaffene ist auf dem Weg zu sich: die Asselspinne will Asselspinne werden, ein Stern ist ein Stern geworden, ist der Mensch Mensch geworden? Ist es ganz abwegig, den Menschen als Fluch der Erde anzusehen? Die ganze Schöpfung ist gottgewollt – ist es der Mensch auch? Der Geist des Menschen hat immer grausamere Massenmordwaffen erfunden, doch, „moralisch" gesehen, ist kein Fortschritt feststellbar. Man spricht von der „Freiheit" des Menschen zum Guten oder Bösen, doch wie ist es effektiv mit dieser „Freiheit" bestellt? Man spricht sogar bei einem Suizid davon, dass er „freiwillig" aus dem Leben geschieden ist: stimmt das so? Da stehen jahrelange Zwänge dahinter, Zwänge, denen ein Mensch ausgeliefert war.

Auch in der Politik redet man davon, dass eigentlich niemand Krieg will; das stimmt nicht. Manche Präsidenten und Diktatoren WOLLEN den Krieg, um sich zu bereichern, um ihren Wahn, ihre Tötungswünsche ausleben zu können.

Noch kein einziges Gedicht, kein einziges Musikstück, kein einziges Bild, keine einzige Philosophie hat einen Krieg verhindern können. Ich schreibe zurzeit eher heitere Gedichte, die das Dunkle nur streifen. Doch ich vergesse nicht, dass der Geist des Menschen nur etwa einen Zehntel ausmacht von seinem ganzen Wesen; er ist das Sichtbare eines Eisbergs. Die unterirdischen, unbewussten Strömungen bestimmen, wohin der Eisberg schwimmt.

Es ist wirklich alles ein IRRLICHTERTANZ.

Mein Bedürfnis nach Harmonie ist mit zunehmendem Alter stärker, sicherer und bestimmenderer geworden.

Du, Ludwig, bist ein Weiser, der sich fürs Gute entschieden hat. Dank Dir und Deinen Werken ist die Welt heller, besser geworden. Ich habe Entscheidendes am Ende meines Lebens von Dir gelernt. „Das Sagenhafte zieht sich selbst hinan", wie es im Untertitel von „Genialisches Gebären" heisst. Du gibst mir Kraft auf meinem eigenen Weg. Es geht doch darum, dass der

Mensch auf dem Weg sein sollte, ein Mensch zu werden.

„Ohne deine Hand
falle ich
ins Bodenlose"

schrieb ich gestern Nacht. Ich bin Dir, Ludwig, existenziell dankbar, dass Du mir schon seit vielen Jahren Deine Hand reichst.

Ich wiederlese Johannes vom Kreuz, mein liebster, mir entsprechender Mystiker des Mittelalters. Seine dunkle Nacht des Nichtwissens spricht von meinem Herzen. In meinen jüngern Jahren liebte ich den altkatalanischen Ramon Llull sehr, doch der ist mir inzwischen etwas entfernter geworden. Doch was für ein „Triumvirat": Johannes vom Kreuz, Pierre Teilhard der Chardin, Ludwig Weibel.

Ich bemühe mich (weiterhin), Mensch zu werden, in seiner vollen Seins-Grösse. Doch als kleiner alter Strudelwurm (resp. Zackenbarsch) kann und will ich es nicht verhindern, immer wieder eine „Seins-Diagnose" zu stellen; ich liebe die FARBEN, aber alles *Schönfärberische* ist mir ein Gräuel.

Nun habe ich eine Kerze und einen aromatischen Stick angezündet, ich will und werde auf meine Art noch etwas meditieren, über mich, über das Leben, über den Tod und das SEIN. Du, Ludwig, bist der einzige wahre SEINS-Philosoph. Deine Bücher sind ein unauslotbarer Fundus an Erkenntnis und eine sanftmütige Anleitung zum bessern Leben. Du bist ein Wunder!

Wenn es mir „elektronisch" gelingt, lege ich Dir meine Brosmete, die übermorgen in der Zeitung erscheint, bei.

Ich wünsche Dir ganz herzlich eine gute Nacht, hoffentlich weiterhin beste Gesundheit und einfach alles Gute, Beste Dir wünschend, Dein kleiner Paul

15. 9. 2017

Lieber Ludwig

In letzter Zeit war ich, war mein Geist sehr unruhig, Du hast es in meinen Briefen sicher gespürt. Dunkle Flammen loderten durch mich; jetzt bin ich wieder ruhiger geworden. Ich war von einem riesigen Mahlstrom des Denkens erfasst. Ich bin aus diesem existenziellen Strudel herausgekommen, ich glaube, dies alles war sehr wichtig für mich. Ich sehe wieder besser, dass mein Weg zu mir von allen Seiten her nur ins Offne führen kann, durch die Hohlräume der Angst in die Sicherheit des gleissenden Lichts. So bin ich dankbar über das, was ich mitmachte. Das Leben kommt mir jetzt noch schöner, noch geheimnisvoller vor, nahe im Universum.

Ich freue mich riesig auf alles, was ich noch erleben, denken und fühlen darf. Das Leben ist ein Wunder, eingebunden in das nicht greifbare, nicht begreifbare Ahnungsvolle, von dem die ganze Schöpfung berührt wird.

Ich wünsche Dir von Herzen einen schönen, guten Abend, tief verbunden mit dem, was Dir wichtig ist.

Liebe Grüsse, Paul

27. 9. 2017

Lieber Ludwig

In diesen Wochen lese ich viel Pierre Teilhard de Chardin, auch viele Briefe von ihm; es ist faszinierend, sich mit seiner Schau ins Universum zu befassen, zu überlegen, was er zur Noosphäre meinte, ein Terminus, der die Erde bedeckende menschliche „denkende Schicht" bezeichnet. Seine evolutiven Denkdimensionen sind fantastisch herrlich, auch wenn ich meine Einwände habe. Auch Eugen Drewermann glaubt nicht daran, dass sich im Weltall alles auf den christozentrierten Punkt Omega hin entwickelt; krass ausgedrückt: Der Kosmos schert sich nicht um den Geist des Menschen. Es gibt Milliarden von Milchstrassen, die „Entfernungen" betragen auch Milliarden von Lichtjahren, da kann sich das Würmlein Mensch nicht allzu viel einbilden; doch gerade in dieser Situation sind mir Tausendfüssler, Kiefermündchen, Entenegel, Labyrinthfische, Kernbeisser, Grünreiher, Wanderfalken, Greifvögel, Bücherläuse, Bohrschwarzkäfer, Seeanemonen, Gepäckträgerkrabben, Kratzrüssler usw. Brüder und Schwestern. Sie sind alle in der Schöpfung, was sie sind – nur der Mensch ist in der Schöpfung noch nicht ganzer Mensch geworden. Sein bisschen Geist ist doch wenig. Und was sind Millionenstädte anderes als Riesentermitenhaufen? War es die menschliche „Freiheit", die die Atombombe baute? Kein Tier wäre derart entartet. Der Mensch hat schon Tausende von Tierarten ausgerottet und rottet sie immer noch aus. Der „Geist" berechtigt zu Hoffnungen, er ist aber auch ein Fluch.

Ich will auch wieder Adolf Portmann lesen, den grossen Basler Biologen.

Ich habe in den letzten Tagen versucht, mich in die Upanishaden einzulesen, doch ich muss gestehen, ich begreife wenig. Diese dreitausendjahrealten indischen Weisheiten: Was haben sie heute noch zu bieten, in einer Gegenwart, in der das Beste auf die Zukunft ausgerichtet ist? Der Hinduismus sieht das Leben, die Wirklichkeit als eine Verkettung von Illusionen, mir ist diese Indolenz sehr fremd geworden. Nur im Individuellen findet sich das Universum, so denke ich. Und dass alles Illusion sei, ist eine Schmähung der Schöpfung, und das lehne ich ab. (Auch der Buddhismus ist für mich kein gangbarer Weg.)

Doch es erfrischt meinen kleinen Geist, über das nachzudenken, was die Menschheit angeht. Nur ist es so, dass ich eben ein sehr kritischer Geist bin – es gibt wirklich keine Religion, der ich vorbehaltlos zustimmen könnte. Auch der Islam bietet für die Probleme der Gegenwart nichts. Religionen, die rückwärtsgewandt sind, gehören in die Rumpelkammer; von den grossen Weltreligionen ist nur das Christentum vorwärtsgewandt, und das finde ich wunderbar. Nur hat der Katholizismus – die römisch-katholische Kirche – im Grunde nichts mehr mit Jesus, mit Christus zu tun. Das „Christische" spielt sich ganz woanders ab, sicher nahe an evolutiven Gedanken. Doch meine Brüder und Schwestern (Mehlkäfer, Springspinnen, Königskrabben, Brunnenkrebse, Kohlgänsedistel, Wiesenprimel, Mammutbäume, Sterndolden, Erdorchideen usw.) beziehe ich liebend in mein Weltbild ein. Was soll das Feuer des Universums, wenn der Mensch all die wunderbaren Tiere und Pflanzen vernichtet? Unser winziger Planet ist ein Wunder an vieltausendfältigen Bewohnern, und es macht mich traurig, dass der Mensch im Begriffe ist, alles zu zerstören.

Das Schönste, was der Mensch hervorgebracht hat, sind seine Kunstäusserungen (die nicht wie die Religionen tödlich sind). Auch die Philosophie ist nicht viel mehr als eine jämmerliche Gerümpelkammer. Doch ein Michelangelo, ein Mozart: was für eine tief menschliche, menschheitsumfassende tiefe Bereicherung!

Du wirst, Ludwig, anders gewichten, akzentuieren, was ich selbstverständlich respektiere.

Für mich ist es schön, Dir alles schreiben zu dürfen, was mir so durch den Kopf geht.

Teilhard de Chardin hat viel im paläontologischen Bereich studiert und geschrieben, doch mir gefällt er dort am besten, wo er Mystiker war. Doch leider hat er seine Zeitgenossen Goldmakrelen, Rippenmolche, Flossenfusslurchen, Schlammtaucher, Feuersalamander, Trompetenfische, Affenbrotbäume, Schwellschwammpilze, Wasserlieschen mit keinem Wort, mit keinem Gedanken in seiner Weltschau bedacht. Das halte ich, der alte Zackenbarsch, ihm vor. Auch über die Kunst äusserte er sich nicht. Teilhard de Chardin war zweifellos ein ganz grosser Geist, doch er hatte auch seine mir ins Auge springenden Mängel, Beengungen und Ausschliesslichkeiten. Ich lehne jede Auffassung ab, die nicht meine „Brüder und Schwestern" aufnehmen.

Es gilt nicht, mit dem Geist „den Himmel" zu berühren, sondern Hand in Hand mit der ganzen Schöpfung auf dem Weg zu sein, vorwärts zu schreiten.

Anstatt Robbenbabys grausam totzuschlagen, gälte es, sie zu pflegen, darauf zu schauen, dass die Umwelt für ihr Weiterleben günstig ist.

Manchmal bin ich ganz mutlos, Mensch zu sein.

Was „nützen" die platonischen Dialoge, ein Sokrates?
Hat die Menschheit überhaupt noch einen Überlebens-
willen in Anstand und Würde?

Herzlich grüsst Paul

7. 10. 2017

Lieber Ludwig

Zu den BoD-Büchern schrieb Pro Litteris, „Das Werk
kann für die Reprografie erst gemeldet werden, wenn
das Mitglied den schriftlichen Nachweis erbringt, dass
das Werk mit einer Mindestauflage von 100 Exemplaren im Schweizer Handel erhältlich ist." Nun, dieser
Erweis, Nachweis können wir nicht bringen, somit sind
unsere BoD-Bücher für Pro Litteris im Eimer, wie Du
schriebst. Das ist ärgerlich, doch nicht zu ändern. Ich
werde mich hüten, da „nachzubohren", denn bei meinen meisten Büchern, die eine Reprografieentschädigung bekommen, könnte ich diesen Nachweis nicht
leisten. Alle meine mittleren und späteren Büchelchen
(auch drei Briefbände, die es nur in wenigen Exemplaren ringgeheftet gibt), bekommen eine Reprografieentschädigung; ich werde also nichts unternehmen, sondern schön schweigsam bleiben, gegenüber der Pro
Litteris einen Totstellungsreflex einnehmen und auf den
Stockzähnen lachen. Es macht für mich immer noch ein
paar hundert Franken Reprografieentschädigung aus,
auf die ich angewiesen bin. Wenn ich darauf angesprochen würde, weiss ich einfach nichts, mein Name ist
Hase. (Oder Felix Krull, der Hochstapler …, hahaa.)

Wichtig und gut und schön für uns ist doch, dass diese
BoD-Bücher D A sind, im Falle eines Falles beziehbar

und lieferbar sind. Wenn man den ganzen Schrott in der Rössli-Buchhandlung sieht – vervielfacht an der Frankfurter Literaturmesse –, ist es doch für uns eine Bereicherung zu sehen, dass wir sind, so wie wir sind, dass wir schreiben, so wie wir schreiben. Ein Büchlein unserer Art wäre ein „Bestseller", brächte es zu 100 verkauften Exemplaren; ich bin's zufrieden, „Longseller" zu publizieren. In meinen frühern Jahren hatte ein Opus von mir eine Auflage von 800 bis 1000 Exemplaren, und diese wurden auch gekauft; insgesamt konnte ich, über Jahre hin gesehen, ca. 25 000 Büchlein verkaufen, doch diese Zeiten sind vorbei. Ich bin guten Mutes, dass die spätere Zeit eine Wertverschiebung vornehmen wird; die Chancen, so sehe ich es, sind intakt, dass ich nach meinem Tode „entdeckt" werde. Das ist für mein Gefühl jetzt auch wichtig. Mehr kann ich nicht erwarten. Es wäre mir ein Graus, ich stände im Rampenlicht, müsste Interviews geben und zu allem Unsinn Stellung nehmen. Als Zackenbarsch liebe ich meine Höhlen.

Unternimm also bei Pro Litteris nichts in meinem Namen. Ich füge mich schmunzelnd in diese vorgegebene Tatsache, rien à faire, rien ne va plus, rien du tout. (Welche Fülle dieses „rien", dieses „nichts"!)

Ich freue mich auf den „Irrlichtertanz", Du wirst mir sicher nächste Woche das erste Exemplar schicken.

Nun schreibe ich an einem neuen Lyrikband, ich habe bereits etwa 40 Gedichte; ich nenne ihn (vorläufig) „Die Schrift der Kiefernrinde", ist ja fast schon etwas östlich angehaucht …

Ludwig Wittgenstein beendete seinen „Tractatus logico-philosophicus" mit dem berühmt gewordenen Schlusssatz, „Wovon man nicht sprechen kann, darüber muss man schweigen."

Diese verblüffende „Einfachheit", glasklare Evidenz ist „ein Schuss ins Schwarze" an plausibler Erkenntnis. Fantastisch überzeugend!

Doch uns geht es ums „Sprechen", immer wieder, am Rande des Unsagbaren. Wir setzen gegen das Schweigen ein „Dennoch".

In meinen frühen Jahren verlegte ich in meinem Aiolos Verlag einen Lyrikband des Zürcher Lyrikers Karl Kuprecht (es war so etwa um 1974 herum, doch genau weiss ich es nicht mehr), der „Dennoch" hiess. Ich liebe Kuprechts Gedichte, er war wohl der feinsinnigste Lyriker der Schweiz im letzten Jahrhundert. Er hatte eine franziskanische Nähe, auch eine zu Mörike.

Im „Weissen Rössli" sprachst Du davon, dass Du vorhast, Deine Werke – evtl. auch meine – auf eine CD aufzunehmen. Ich habe viel darüber nachgedacht; ich fände es herrlich, wenn Du das machtest. Doch bei mir meine ich, bloss die acht Werke, die bei BoD erschienen sind. Das andere, Frühere, möchte ich gern etwas „verpuppt" sein lassen. Ich hoffe, Du verstehst das.

Demnächst verreist Albert Rutz für drei Monate nach Indien; er schreibt mir zwischendurch immer wieder sehr viel. Anstatt zu verreisen, bevorzuge ich es, im Drehfauteuil zu sitzen. Meine Art ist nicht die seine, seine Art, ist nicht die meine. Beides ist doch in seiner Art gut.

Ich lese wiederum in einer kommentierten Gesamtausgabe von Rilke: was für ein Fest.

Marcel geht es sehr schlecht, ich bin in Sorge, wie es bei ihm weitergeht.

Ich wünsche Dir einen ganz schönen Abend und verbleibe herzlich, Dein Paul

Neue Denk- und Gefühlsfreiheiten

Jedes System ist lebensfeindlich.

In meinem Drehfauteuil sitzend, reise ich durch Welten.

Herrlich, befreiend ist`s, zu einem Zeitproblem nichts wissen zu müssen.

Die Philosophen können auf drei zählen – die Lyriker zählen nichts.

Das Schweigen versetzt mich in Trance.

Depressionen gehören zum Profil des Glücks.

Wir sind alle einsam, besonders in Beziehungen.

Wenn alle Stricke zerreissen, muss ich lachen.

Ich habe zu wenig Wahnsinn in mir.

Ein Glas Rotwein ersetzt mir alle Religion.

Konventionen sind Tölpeleien.

Im Grunde genommen ist niemand fähig, mich anzu-
greifen, da ich immer längst anderswo bin.

Gebete sind Kunstgriffe beim Kartenmischen.

Nur die *Rasereien* des Intellekts, des Gefühls sind es
wert, erlebt zu werden.

1. 11. 2017

Lieber Ludwig

Morgen lese ich die Liebesbriefe, die Du mir in ein
Mail legtest. Ich freue mich aufs Lesen. Ich habe Deine
Ringheftung „Was die Liebe sich ersonnen", mit Deinen Liebesbriefen, Deinen Liebesgedichten, mit den
Briefen von Karin Müller. Diese Sammlung kennt
nichts Seinesgleichen, in der ganzen Weltliteratur nicht.
Da ist eine wechselseitig höchste Liebeszuneigung, was
mir dann und wann den empathischen Zugang etwas
erschwert. Da und dort dünkt mich Deine Sprache „zu
allgemein", wenn Du von „holder" oder „süsser" Liebe
sprichst. Ich wünschte mir da ein Individuelleres, eine
persönlich ausgeprägtere Sprache, ein urunverwechsel-
bares neues Sprachbild. Doch das ist keine Kritik, sondern lediglich ein ehrlicher Eindruck, Ausdruck meines
Empfindens. „Hold" und „süss" sind in Gefahr, inflati-
onär zu wirken. Doch, nochmals, damit kritisiere ich

nicht, nichts; alles in allem genommen sind die Liebesbriefe einsame Spitze, tief mitreissend in der „heiligen" Zuwendung.

Nächste Woche am Mittwoch habe ich einen Termin bei einem Zahnarzt, in der „Xundmundpraxis" in Rorschach, die von zwei Zahnärzten geführt wird. Ich lasse mir eine Offerte einholen, was eine minimale Gesamtsanierung meiner Zähne kosten würde. Meine Beiständin unterbreitet dann diese Offerte OhO (Ostschweizer helfen Ostschweizern) oder dann noch andern Stiftungen, die diese Rechnung übernehmen könnten; gewiss ist, ich alleine kann keine Zahnarztrechnung bezahlen. In den letzten Wochen hatte ich oft Zahnweh, konnte deswegen auch nicht schlafen. Henu, ich bröckle halt ab …

Alles in allem lache ich vergnügt. Ich fühle mich *eins* mit mir. *Eins* mit romantischer, klassischer oder belcantesker Musik, *eins* mit meinen Weinchen und mit meiner Pfeife, *eins* mit dem Duft von Räucherstäbchen, *eins* mit meiner zögernd wachsenden Gedichtesammlung „Die Schrift der Kiefernrinde", *eins* mit meiner intensiven Lektüre, besonders mit Johannes vom Kreuz und Anais Nin.

Es ist HERRLIGG zu leben!

Und dann und wann eine Depression zu spüren, finde ich spannend und existenzerweiternd. Ich denke mir oft, in was für einem „Jahrmarkt der Eitelkeiten" (William Makepeace Thackeray) die angeblich „Gesunden", „Normalen" befangen sind.

Ich bin dankbar, dass ich altere. Diese Phase schenkt mir neue Denk- und Gefühlsfreiheiten (die wohl schon immer in mir angelegt waren).

Und je mehr ich denke, desto sicherer werde ich, dass der Weg des Geistes nur mit dem Einbezug der gesamten Schöpfung haltbar ist; es geht also nicht um den Weg zu „den Sternen", sondern zur Kreatur, mit der Kreatur. Da mögen alle Weisen der Welt noch so sehr anders brabbeln, das ist mir einerlei. Gottes Geist inkarniert sich auch in den Wimpernmündern, in den Tiefseequallen, in den Chinesischen Leberegeln, in den Krustenanemonen, in den Röhrenblütlern, im Gingko, der der Mehligen Königskerze und nicht nur im Menschen, im „Geist" des Menschen, der auch als Fluch gesehen werden kann.

Ha, da muss ich fast sagen, mit mir beginnt ein neues „philosophisches Zeitalter" (doch wer sieht das schon?).

Ich halte nicht sehr viel vom menschlichen Geist; wenn wir nur dreitausend Jahre zurückblicken, was gab es da viel anderes als Kriege? Die Geschichte der Menschheit ist eine Geschichte der Schlachtfelder. Und noch keine Philosophie, keine Kunst bewirkte einen Frieden.

In der Liebe zum Kleinen, da ist wahre „Grösse" erkennbar. Im Tanz der Lanzettfischchen spiegelt sich das Universum (und nicht in den eitlen Systemen der Philosophen); Sternbilder korrespondieren mit dem Feldmohn, mit dem Gesang der Zikaden.

Die Überbetonung des Menschen, des menschlichen Geistes über die Kreatur lehne ich ab. Könnte ich es wagen, vor die „Pforten des Himmels" zu treten, ohne Bruder Regenkuckuck, ohne Schwester Goldschnepfe Hand in Hand zu erscheinen?

Die Tierwelt erleidet unter dem Menschen grausamste Marter, das kann nicht gottgefällig sein.

Die Anmassung des menschlichen Geistes ist des Teufels.

Du, Ludwig, so viel, so wenig für heute Nacht.

Herzlich grüsst Paul

4. 11. 2017

Lieber Ludwig

Was für eine wunderbare Überraschung, als ich heute Dein neues Buch „Geborgenheit in Universenweiten" in meinem Briefkasten fand. Ich habe bereits ein Stündchen darin gelesen; die „sagenhaften Aphorismen" – das Aphoristische – kommen mir sehr entgegen, ich liebe diese kurzen, prägnanten, präzisen, wirklichkeitendurchdringende, im kleinsten Denkraum weit ausholenden Sätze: ein Lesefest, exzellent! Ich danke Dir fürs Zuschicken. Du hast mir mit Deinem neuen Opus viele Stunden der Beglückung, der Bereicherung geschenkt.

In einem Brief von Dir siehst Du Dich als Seinsphilosoph in der Linie von Meister Eckhart, Jakob Böhme, Teilhard de Chardin, Rudolf Steiner, Ludwig Weibel. Was für grandiose Namen, ich bin mit Dir völlig einverstanden. Da denke ich mir, ich müsste einmal ausgiebig Jakob Böhme, den Theosophen und Naturphilosophen lesen; er verband alchimistische Naturphilosophie und Mystik zu einem pantheistischen System (vielleicht habe ich ihn noch nie tiefer gelesen, da ich gegen ALLE System allergisch bin). Die Systemfreudigkeit fast aller Philosophen vergrault mich. Du, Ludwig, bist in kein Korsett eines Systems befangen, Deine Weisheiten *fliessen*, sind geschmeidig, greifen ins Grenzenlose, SIND LEBEN. Das zieht mich bei Dir an. Du schreibst von einem riesengrossen Denk- und Erfahrungshorizont aus, das überzeugt mich. Du schreibst von einem **grossen Sein** her, da kann ich mich nur verneigen.

Manche meiner neusten Gedichte in „Die Schrift der Kiefernrinde" spitzen sich zur aphoristischen Kürze zu. Ich hatte mein Leben lang eine Affinität zum Aphorismus, was in meinen zehn „Sätze"-Bändchen nachzulesen wäre. Vielleicht schreibst Du mir einmal, welche „Sätze"-Bändchen Du hast (viele sind es wohl nicht), doch ich muss sagen, dass die meisten vergriffen sind. Ich glaube, ich könnte sie gar nicht mehr ergänzen …

Am Schluss meines „Sätze"-Bändchens „Gedanken eines alten Zackenbarschs", auf Seite 30, fändest Du die betreffenden zehn Titel; doch für mich liegt das lange zurück, 1977 bis 2001. Noch in „Nächte des Knurrhahns", 2015, sind Aphorismen zu finden; auch im Prosaband „Nachtwucherungen", 2006, tauchen Aphorismen auf. Alles in allem nehmen es meine „Sätze" mit Ludwig Hohls „Die Notizen oder Von der unvoreiligen Versöhnung", die 1981 Furore machten, auf; nur ein Michel de Montaigne, ein Georg Christoph Lichtenberg oder ein Karl Kraus bin ich natürlich niemals. (Ein Paul Gisi ist ja auch nicht nichts, hohoo.)

Von Albert Rutz aus Indien bekam ich einen längern Brief und auch einige Fotos. Nur ist die Verbindung erschwert; henu.

Nun koche ich noch für Marcel und mich Spaghetti bolognese, neben dem „Geistigen" darf auch ein Schmaus sein. (Ich erinnere mich ans Hotel Schiff in Staad, wo Du mich eingeladen hast: dieser Fischteller war seit Jahren das Beste, was ich gegessen habe, ich denke oft daran.)

Ich wünsche Dir herzlich einen allerschönsten Samstagabend, bereits vor dem Cheminée, vielleicht Gedichte von Else Lasker-Schüler lesend, die ich sehr liebe?

Liebste Grüsse, Dein Paul

9. 11. 2017

Lieber Ludwig

nochmals zu Rainer Stöckli: Er schrieb mir postalisch einen differenzierten, erstaunlicherweise normal nachvollziehbaren Brief zu meinem „Irrlichtertanz". Mit Seitenzahlen versehen, monierte er ein paar Superlative, war aber auch begeistert von meinem Wort „Gisiaden", Seite 19; die wiederholte Verwendung meines „Drehfauteuils" fand er fast stereotyp (er merkte offensichtlich nicht, dass ich das, leitmotivisch beabsichtigt, bewusst einbaute). Zu meinen „Ratschlägen für einen jungen Lyriker" nickte er manchmal zustimmend zu, manchmal schüttelte er den Kopf – nun, das darf er selbstverständlich. (Und er legte 20 Franken für dieses Bändchen und für das nächste bei …)

Für das nächste Bändchen, ausgewählte frühere Gedichte, freue ich mich jetzt schon. Du willst das ja für mich machen, ich helfe Dir gewiss derart, wie ich es kann. Ich denke mir eine „pralle" Auswahl. Ohne Zwischentitel, ohne Nachweis am Schluss; es sollte eine „neue" Einheit werden. Den Titel werden wir noch finden.

Für „Die Schrift der Kiefernrinde" hatte ich fast achtzig Gedichte; ich ging nochmals alles durch, warf einiges weg, zurzeit sind es 58 Gedichte, die ich bestehen lassen möchte. Du siehst, auch dieses Werk wächst langsam. Doch es wird noch ein paar Monate dauern, bis ich finde: so, jetzt ist es gut.

Jetzt lese ich immer wieder Johannes vom Kreuz, besonders aber auch Anais Nin, die ich sehr liebe. Zudem möchte ich wieder Else Lasker-Schüler lesen, die ich eigentlich noch lieber als Rilke habe. Obwohl ich wie ein Berserker lese, fehlt mir die Zeit, all das wiederzulesen, was ich möchte.

Gestern war ich beim Zahnarzt, ein erster Zahn wurde gezogen, zwei, drei weitere faule Zähne müssen gezogen werden; zudem gibt es dies und das zu sanieren, die Behandlungsofferte geht nun an meine Beiständin, die sich bemühen wird, dies „irgendwie" zu bezahlen. Es gibt einiges zu tun …

Durch die grosse Zahnlücke wegen des gezogenen Zahnes lisple ich ein bisschen, das schockiert mich tief; ich hoffe, das ergibt sich wieder. Selbstverständlich bekam ich zwei Spritzen vor dem Zahnziehen, ich war dann stundenlang wie im Delirium und hatte Gleichgewichtsstörungen; ich werde der Zahnärztin, die es ja sehr gut machte, das nächste Mal davon berichten. In meinem offensichtlich nicht mehr ganz guten Allgemeinzustand reagierte mein Körper lang andauernd empfindlich. Und seit Monaten knirsche ich immer wieder stundenlang mit den Zähnen, da sagte mir die Zahnärztin, das sei psychisch bedingt, ich lebe wohl in einem argen seelischen Stress. Ich müsse mich abends meditativ entspannen. Nun, ich mache das ja, dennoch, es ist leichter gesagt als wirkend ausgeführt. Wie es auch sei, allzu viel Zähne zum Beissen habe ich bald nicht mehr.

Nun ja, ich bröckle halt einfach ab, vielleicht ein bisschen zu früh für mein Alter, doch wenn ich bedenke, wie intensiv ich lebte und mich verausgabte, erstaunt es mich auch nicht sonderlich. Ich lebte jahrzehntelang voll Power auf verschiedenen Ebenen, physisch wie intellektuell gesehen.

11. 11. 2017

Lieber Ludwig

Heute hörte ich Tsunamis an Belcanto, Bellini, Rossini, Mercadante, Donizetti, ich bin aufgewühlt, das Leben als Ekstase! Als Rausch der Schönheit! Für mich ist der virtuose Belcanto unvergleichlich. Ekstase der Liebe, der Liebestragödie im formvollendeten Gesang, des Chors, des Soprans, des Tenors, der Altstimme, des Bass. Ich bin trunken vor dieser Schönheit, eingebettet in ein Sinfonieorchester. Mein ganzes Sein zittert. Paul

19. 11. 2017

Lieber Ludwig

Ich las heute eine gute Stunde in Deinem Aphorismenbuch „Geborgenheit in Universenweiten“: Ich bin begeistert! Du schreibst von einer Lebenshöhe aus, die einmalig, bewundernswert ist. Du durchschaust das „Getriebe" der Welt. Viele, viele Deiner Aphorismen sprechen intensiv, durchgeistigt zu mir, ich bin von den meisten direkt angesprochen. Durch Dein Erkennen erkenne ich mich. Das ist doch etwas vom Schönsten, Grössten, das man beim Lesen erfahren, erleben darf. Und nirgendwo bist Du belehrend im schulmeisterlichen Sinn. Dein Durchdringen der Welterfahrung ist immer auch Seinserfahrung, ein Strömen, ein Fliessen des Lebens, alles ist im Fluss, wie ich es liebe. Bei allen grossen Mystikern und Mystikerinnen gibt es keine voreilige Einebnung der Gedanken, sondern eine Öffnung ins Existenzielle, in das Sanft-Seelenberührende. Du bist nicht nur mit dieser philosophischen Tradition verbunden, sondern führst sie weiter – dass einem vor Glück der Atem stockt. Du bist auf eine Ebene gelangt, auf der alles licht, glänzend (glitzernd) eine neue Wahrheit geworden ist. Du bist ein Fascinosum unvergleichlichster Art! Ich bin glücklich, Dich lesen zu dürfen. Die Bereicherung, die ich durch Deine Bücher erfahren darf, ist nicht beschreibbar, denn sie zielt direkt in mein Herz, in meinen Wesenskern.

Mit Dir hat die Geistesgeschichte der Welt ein neues Kapitel aufgeschlagen – wann wird die Welt das sehen, anerkennen? Was wunderbar ist, Du bist als Seinsphilosoph auch poetisch, Deine Aphorismen sind immer wieder auch wie Kurzgedichte. Manchmal scheint fast ein Schalk durchzubrechen, doch überall brennst Du, ohne den Leser zu verbrennen, „entzückt ob ihrer Dichte in des Dichters Metapher", wie Du auf dem Umschlag hinten selbst schreibst. Man spürt da und dort, dass Du um die Dunkelheit des Lebens weisst, doch es geht um die „Melodie und Munterkeit" in den „lichten Seelengründen". Du hast Deine sagenhaften Aphorismen auf dem Umschlag hinten selbst am besten charakterisiert, ich könnte es nicht besser.

Ich habe jetzt 28 Opera von Dir (die meisten sind sehr umfangreich), an den vier letzten bin ich noch am Lesen. Ich freue mich riesig, sie in den nächsten Monaten zu lesen; ich kann sie nicht so rasch wie Romane lesen, denn Du bist zu schwierig (ich meine das natürlich positiv). Deine Bücher erfordern (gottseidank) viel Zeit, denn sie müssen langsam nachvollzogen, begriffen werden. Ein Johannes vom Kreuz kann ich „schneller" lesen als ein Ludwig Weibel, er ist im Detail nicht so anspruchsvoll wie Du. Doch das ist das Prickelnde, das Herrliche, dass Deine Bücher viel Zeit fordern, ich liebe das und setze liebend gern Zeit für Deine Bücher ein, sie belohnen das mehrfach, vielfach.

Für meinen neusten Lyrikband „Die Schrift der Kiefernrinde" habe ich jetzt just sechzig Gedichte, immerhin. Ich hoffe, dass ich in diesem Winter weitere zwanzig bis dreissig Gedichte „auffinden" kann (doch sicher ist das leider nicht). Ich glaube, es kann nochmals ein starker Lyrikband werden, sofern ich durchhalte …

Lieber Ludwig, ich wünsche Dir von Herzen einen wunderschönen kunstinnigen Abend, einfach so, wie Du es selbst wünschst.

Ganz liebe Grüsse von Deinem Paul

20. 11. 2017

Lieber Lu

Du unterschreibst manchmal Deine Briefe mit "Lu", das begeistert mich jedesmal, tönt es doch nach einem chinesischen Weisen ... Ich denke an an Bi-Yän-Lu, des Meisters vom Blauen Fels (12. Jahrhundert nach Christus), an seine weltgültige Zen- (Koan-)Spiritualität.

In meine "Schrift der Kiefernrinde" haben sich wie von selbst ein paar Haiku "eingeschlichen". Haiku sind dreizeilige japanische naturnahe Kurzgedichte, die erste und dritte Zeile besteht aus je fünf Silben, die mittlere zweite Zeile aus sieben Silben.

Folgendes Haiku schrieb ich soeben:

Nach dem Paradies
sehnt sich der Regenpfeifer –
mir geht es wie ihm

1986 publizierte ich als op. 44 ein Bändchen mit 81 Haikus (der Plural von Haiku heisst Haiku oder Haikus, beides ist richtig) in einer kleinen Auflage von 150 Stück mit dem Titel "Windzunge"; leider kann ich Dir, lieber Lu, kein Exemplar schicken, da diese Auflage restlos vergriffen ist. Ich habe "in den Tiefen" meiner Wohnung noch ein paar Schachteln voller Bücher, die nicht ausgepackt sind, ich werde in diesem Winter alles durchgehen, wer weiss, vielleicht finde ich doch noch ein Exemplar. (Ich vergesse das nicht!) Ich vermute, "Windzunge" könnte Dir gefallen.

Als Vorspann-Haiku zu "Windzunge" schrieb ich:

Mit Mikroskopen
und Teleskopen schaust du
ins veralgte Nichts

Von der Presse wurde "Windzunge" völlig übergangen, obwohl ich dieses Werklein einigen Zeitungen und Zeitschriften sandte.

Insgesamt hatte ich früher manche Rezensionen und in St. Gallen, Zürich, Luzern, Bern, Rheineck und Heiden Vorlesungen, da kann ich ja gar nicht klagen. In den letzten zwanzig Jahren ist es aber still um mich geworden, da fällt mir nur ein: henu!

Als Dante starb, gab es seine "Göttliche Komödie", seine "Divina Commedia", in dreissig Exemplaren, heute ist sie weltweit bekannt (natürlich auch nicht im Volk, sondern nur unter Spezialisten, machen wir uns nichts vor). Und von manchen Bestsellerautoren mit Millionenauflagen weiss man in wenigen Jahren nichts mehr.

Gewiss scheint mir, dass die Zeitgenossen über Auferstehung oder Untergang eines Werks nicht viel mitzureden haben.

Ich glaube auch, dass selbst ein geniales Werk in den Zeitläuften der Geschichte sang- und klanglos untergehen kann. Du, Lu, hast da wohl eine andere, "sicherere" Einstellung.

Im Grunde beschäftigte ich mich mein ganzes Leben lang nie zu sehr mit solchen Gedanken, ich schrieb einfach Werk um Werk und lebte in diesen Augenblicken, das war und ist mir heute noch einzig wichtig.

So, nun gehe ich in die Küche und köchle mir ein asiatisches Gericht – auch ein Lyriker lebt nicht von der Lyrik allein (meine Restaurantbesuche fehlen mir).

Ich wünsche Dir, lieber Lu, eine philosophische Nacht, durchglüht vom Sein.

Herzlich grüsst Paul

13. 12. 2017

Lieber Ludwig

Ich glaube, dass ich nun den passenden Titel für meine neuen Gedichte habe: "Pinselstriche des Weltalls"; "Pinselstriche" evoziert das Farbige, Sinnliche, das "Weltall" das Offene, und nach "Das Universum setzt Segel" hat das für mich eine schöne Folgerichtigkeit. Die Einheit meines Schaffens wird plausibel gewahrt. Und als Untertitel setze ich "Lyrische Auffächerungen"; das Wort "Auffächerungen" gehört zu meinen Lieblingswörtern ... Ich habe bereits wieder um gut zehn Gedichte ergänzt. Ich glaube, es wird ein grosser Gedichtband, was das auch heissen mag. Noch vor wenigen Monaten hab ich nicht daran gedacht, geglaubt. Ich bin glückselig überrascht, dass mir nun das gelingen soll. Ich fühlte mich ausgeschrieben, ausgebrannt, doch noch einmal hat sich unerwarteterweise eine lyrische Fülle eingestellt, ich fühle mich demütig dankbar. Ich hoffe auch, dass Dir ein paar Gedichte gut gefallen.

Ich glaube, in mir hat sich ein "Quantensprung" ereignet, hin auf das Offene, Fliessende, Strömende des Lebens, eine Metamorphose, eine Transformation, eine Transliteration der Nacht zum Licht, vieles ist transparent geworden in der Andeutung, im Bild. Dass in mir diese "Spätblüte" wachsen darf, hätte ich vor Monaten nie gedacht. Diese "Ver-rücktheit" ist wunderbar! Unsere Vergänglichkeit in der immerwährenden Dauer des

Weltalls, mein Gott, was für ein herrliches Gefühl. Und all meine Zuwendungen zum kleinsten Lebewesen, sie sprechen vom Grössten, zum Göttlichen. (Ha, das wird wohl erst in hundert Jahren bemerkt, erfasst.)

Ich wünsche Dir von Herzen einen allerschönsten Abend, nahe bei all dem, was Dir lieb und wichtig ist – ich danke Dir, dass Du mir durch Deine Bücher und Dein Sein wunderbare Kraft und Lebensmut gibst, liebste Grüsse, Dein Paul

8. 1. 2018

Lieber Philosoph, Mystiker und Freund Ludwig

Was für ein schöner, intensiver Abend, ich höre Messen von Mozart (ich habe alle seine Messen auf acht CDs, zudem habe ich Mozarts Gesamtwerk, das ich so liebe, auf 170 CDs), ich räuchle meine Pfeife, trinke erdfruchtigen Côtes-du-Rhône bei Kerzenschein, begann Dein Buch "Bist du Zeuge deiner Wachheit", das Du mir schenktest, zu lesen, bin begeistert, das ist ein ganz neuer Weibel! Du hast so viele, breitgefächerte Denkfacetten, Du wiederholst Dich in Deinem gigantischen Werk nirgends, Du näherst Dich dem Sein immer wieder auf neue, unerwartete Art und Weise. Dein Denkkosmos lässt sich mit nichts vergleichen. Du hast für die Philosophie neue Massstäbe gesetzt, die für die Gegenwart und Zukunft nicht mehr ausser Acht gelassen werden können, dürfen. Dass ich von Deinem unfasslich umfangreichen Werk so viel bei mir haben darf, ist wunderbar, ein bereicherndes Fest. Gegenüber Deinem Werk sind ganze Bibliotheken bedeutungslos. Seit vielen Jahren begleiten mich Deine Bücher, ich möchte sie

149

nicht mehr missen, sie sind mir ans Herz gewachsen, befruchten meinen Geist, stärken meine Seele.

Am Sonntag bin ich mit dem Korrekturlesen meiner "Pinselstriche" fertig, ich bin dann bereit, Dir den Laptop zu bringen; Du kannst dann, wenn Du einverstanden bist, das Büchlein selbst fertigmachen, ich lege Dir die Merksätze und das Gedicht für den hintern Umschlag bei. Beim Layout musst Du nichts mehr ändern; die Seiten 71 und 72 sind beabsichtigt leer. Du müsstest die "Arbeitsdatei" nehmen, denn das ist meine korrigierte Fassung.

In der nächsten Woche z. B. ginge es mir am Dienstag, Mittwoch, Donnerstag oder Samstag (Montag und Freitag nicht). Passt Dir da etwas? Ansonsten übernächste Woche (immer erst ab elf Uhr, früher bin ich nicht mobil).

Ich hoffe, Du hast eine seinsdurchglühte Nacht, herzlich grüsst Dein Paul

7. 1. 2018

Lieber Ludwig, magistra philosophiae

Gestern hörte ich Mendelssohns „Elias" und las längere Zeit in „Bist du Zeuge deiner Wachheit. Vom Sein und seinen Seinsbezügen", was für ein eindrücklicher Abend. Dieses „auserlesene Bewusstsein in der Lebensstrategie", das „Lass dich in Herzenstraulichkeit von Mir umfangen" sehe ich als ein Hauptwerk Deiner Philosophie. Der Stil in „Bist du Zeuge deiner Wachheit" unterscheidet sich von Deinen andern Büchern.

Auf Seite 27 finde ich den Satz, der Deine mystischen Bücher treffend charakterisiert: „Traust du dir zu, nichts zu denken und dich von Gedanken höherer Ordnung bewegen zu lassen, wirst du fähig, in kontinuierlichem Sprachfluss Dinge zu sagen, die dem gewöhnlichen Intellekt verschlossen sind." Die „höhere Ordnung" und der „Sprachfluss" sind es, die Dein Werk wesentlich kennzeichnen. Deine Art zu denken und zu schreiben ist absolut einmalig, wunderbar.

Dass Du Deine mystischen Bücher Sprachmusik, Sinfonien nennst, finde ich sehr interessant. Es hat auch kammermusikalische Juwelen darunter; sie haben eine sphärische, fein ziselierte Rätselhaftigkeit und Offenheit wie die späten Streichquartette Beethovens.

Dass ich in meinen lyrischen Notizen einfacher – und versöhnlicher – geworden bin, stimmt gewiss; dies hat mit meinem Reiferwerden zu tun. Der „Heilige" geht den Weg zu Gott, INS LICHT, doch dem Künstler kann das zum Schaden gereichen. Kunst lebt wesensgemäss aus der Spannung, die die Dunkelheit hervorruft. Grauenvolle Abgründe wesen im Menschlichen, der Mensch ist kein Heliozoon, Sonnentierchen. Auch in der „heitern" Musik Mozarts erzittert immer wieder eine Lebensmelancholie, ja Lebensangst; der Mensch ist ein Nachtschattengewächs. Davon „zu reden", kann die Kunst nicht ausklammern. Das Leben (des Künstlers) bleibt eine Odyssee, eine Irrfahrt. Auch Johannes vom Kreuz redet von der Nacht des Geistes, des Nichtwissens, von den dunklen Wolken des Seins.

Meine „späten" Gedichte haben mit meinem Reiferund Versöhnlicherwerden verglichen mit meinen „frühen" und besonders mit meinen „mittleren" Gedichten an „Genialität" an Kunst verloren. Für mich halte ich vom Reiferwerden nicht sonderlich viel, ist die Reife doch auch eine Vorstufe vor dem Zerfall, vor dem Verfall. Intellektuell geniesse ich es, reifer geworden zu sein, doch als Künstler bedaure ich es. Solschenizyn wurde ein Genie, weil er sich mit dem Bösen im Menschen beschäftigte. Und was wären die Gedichte der grossen Lyrikerin Nelly Sachs ohne die Bedrohtheiten, der Schrecken und dem Unheil der menschlichen Existenz mit ihrer Katharsis. In der Kunst gibt es keine Lösung, es bleibt immer ein Rest, und auf diesen Rest kommt es im Gestalten an.

Schon als Zwanzigjähriger wusste ich, dass ich wählen muss, „Heiliger" oder „Künstler" zu werden. Jetzt bin ich als Lyriker in Gefahr, „Heiliger" zu werden, was das Ende meiner „genialen" Gedichte wäre. Ich glaube, ich wähle in meinem vorgerückten Alter nochmals, Künstler zu bleiben und meine Stimme nicht nur dem Licht zu geben, sondern auch die Dunkelheit zuzulassen. Ich weiss, Du wirst das respektieren, auch wenn es Dich traurig machte auf Deinem esoterischen Weg ins Licht. Doch von Licht zu sprechen, wäre unmöglich (machte es keinen Sinn), wenn es die Dunkelheit nicht gäbe. Befassen wir uns auch mit dem Archetypischen und den Mythen der Menschheit, die voll des Dämonischen sind. Irrationalität wäre ein moderneres Wort. Doch man kann nicht so tun, als gäbe sie es nicht. Und eben: Der „Heilige" versucht dies auszublenden, der Künstler versucht dies integrativ zu gestalten. Balzac war das grosse literarische Menschheitsgenie, weil er auch das Böse Menschen-konstitutiv miteinbezog. Das „Heilige" ist für die Kunst zu transparent, zu transzendent und ist in Gefahr, blass zu werden gegenüber den pastosen, fauvistischen, freskohaften, pastellenen Einfärbungen der gesamten menschlichen Existenz.

Per aspera ad astra, auf rauen Wegen zu den Sternen, durch Nacht zum Licht, das ist der Weg des „Heiligen", doch für den Künstler kann dies sein Ende sein. Für ihn hiesse es eher, vom Licht zu wissen, WEIL es auch die Nacht gibt, von der niemand so tun kann, als gäbe es sie nicht. Der Tag wird vom Licht beherrscht, doch in der Nacht gelten ganz andere Gesetze. Das Sein wird nicht nur vom Licht überflutet, sondern ist auch determinativ von der Dunkelheit bestimmt. Alors, man wähle, „Heiliger" oder „Künstler" zu werden, zu sein. Beides geht nicht.

Du weisst, ich schreibe wieder „Sätze"; so schrieb ich letzthin, „Nachbarn sind das schlimmste Geschwür, das ich kenne". Das ist für Dich natürlich ein schlimmer Satz, doch vielleicht kannst Du ihn verstehen, wenn Du weisst, dass in der Weihnachtsnacht um 1.15 Uhr der Nachbar an meiner Tür läutete, „befahl", ich solle die Tür öffnen und er pöbelte recht besoffen über den Lärm, was eine bösartige Unterstellung war, denn ich hörte nicht mal in Zimmerlautstärke Klassik; er hat mich monatelang gequält, indem er immer um 4.15 Uhr nachts mit seiner dröhnenden Bassstimme laut vorlas, es weckte mich monatelang. Als ich bei ihm tagsüber an der Türe läutete, hat er mir nicht geöffnet, obwohl ich hörte, dass er da sei. Ich beschwerte mich dann in einem äusserst anständigen Tonfall schriftlich. Es war der Mieter unter mir; als ich in dieses Haus einzog, läutete ich bei ihm und wollte mich vorstellen, er hat mich angeflucht, ob diese Störung notwendig sei. Mit allem guten Willen und positiven Verhalten kommt man nicht gegen das Böse des Menschen an. Du ahnst nicht, wie bösartig das „Geschwür Nachbar" sein kann, weil Du das gottseidank noch nicht erlebt hast.

Mit Freundlichkeit, mit einem Lächeln, mit guten Gedanken ist da gar nichts auszurichten. Manche Menschen sind Bestien, Rüppel.

Ich schrieb wiederum ein paar Gedichte, doch sie sind zu zahm, zu zahnlos (wie ich ja auch bald). Ich will meine Gedichte und „Sätze" wiederum konturenschärfer formulieren. Ab Opus 110 will ich wieder griffiger auftreten. „Altersmilde" ist eigentlich blamabel, eine Bankrotterklärung des Selbsts.

Ich werde in meinem Werk wieder vermehrt von meinen aufgewühlten Hin- und Her-Zerrissenheiten reden (das ist doch Kunst).

Herzlich grüsst der alte Zackenbarsch Paul

P.S.: Am Donnerstag, 11. Januar, um 15 Uhr bin ich im Bahnhof-Restaurant der Migros St. Gallen zur berühmten Laptop-Übergabe. Top, es gilt.

Mystische Chiffren

11. 1. 2018

Lieber Ludwig

Wenn ich weiterhin Gedichte schreibe, so müssen sie total anders werden, denn ich will mich nicht wiederholen. Wenn mir das nicht gelingt, höre ich auf, Gedichte zu schreiben. Ich schrieb inzwischen ein paar "Sätze" – wie als Schwanengesang. In meinen "Sätzen" kann ich wild kunterbunt alles notieren, was mir einfällt, viel ist das ja auch nicht. Mein schriftstellerisches Ende zeichnet sich möglicherweise ab. Mir ist die Fülle, wie Du sie hast, nicht gegeben. Ich habe die Depressionen nicht mehr so ganz im Griff. Am Freitag muss ich zum Ohrenarzt, am Montag zum neuen Hausarzt, er muss mir mehr Psychopharmaka geben, ansonsten starte ich durch ...

Henu, bis zum Ende reicht's bestimmt.

Hab's gut. Herzlich grüsst Paul

12. 1 .2018

Seit ein paar Tagen ist Albert von Indien zurückgekommen wieder in der Schweiz, doch er ist weder durch Mails, SMS oder Telefon erreichbar, es kommt bei mir die Meldung "temporärer Fehler auf der Empfängerseite" – was ist nur mit seiner Elektronik los?

Ich höre die "Heiligmesse" – "Missa sancti Bernardi von Offida" – von Joseph Haydn und lese in der "Geschichte der religiösen Ideen" von Mircea Eliade: hochinteressant! Spannender als viele Romane ...

Dazu ein feiner Côtes-du-Rhône und eine räuchelnde Pfeife, das gehört halt zum Poeten P. G.

Ich schrieb ein für mich grösseres, längeres Gedicht, wieder mit Titel und Satzzeichen, doch der innere Gehalt ist nicht gegeben, es zerfällt in zu viele Bilder. Ich habe es schon mehrmals überarbeitet, und jedes Mal wurde es kürzer; ich lande wohl wieder bei Kurzgedichten.

Eine gute Nacht wünscht Paul

13. 1. 2018

Heureka! Ich schreibe wieder ganz kurze Gedichte, "mystische Chiffren", ich bin halt der Meister der Kurzform. Das Langgedicht liegt mir nicht, ich will mehr und mehr verkürzen, verknappen.

Aufschrei
des Lebens
du reisst mich
aus dem Schlaf
in den Sphärenklang
der dunklen Nacht

●

In Lustzuneigung
tanzen
mit dem Lied
des Glockenvogels

So wenig. Herzlich grüsst Paul

20. 1. 2018

Lieber Ludwig

Heute Nacht begann ich mit der Wiederlektüre von Oscar Wildes „Das Bildnis des Dorian Gray", was für ein genial hochintelligenter Roman, in dem auch die Psychologie des Gesellschaftsrebellischen absolut stimmt. Auf Schritt und Tritt werden überraschend aphoristische Juwelen ins Gesamt der Handlung eingefasst, begeisternd grossartig. Um nur per Zufall herauszugreifen: „Heutzutage sterben die meisten Menschen an einer Art schleichendem Menschenverstand und kommen, wenn es zu spät ist, dahinter, dass die einzigen Dinge, die einer nie bereut, seine Fehler sind."

Albert Rutz schrieb mir aus Indien überraschend viele, teils lange Briefe. Ich schrieb, philosophierte ihm mehrmals über den Hinduismus und Buddhismus, fragte ihn, was er dazu denke, wie er dazu steht, er antwortete mir darauf leider nicht. Er schickte mir auch viele Fotos, darunter drei Selfies. Als ich ihn sah, zuckte ich zusammen, denn ich sah ihn todgeweiht. Hoffentlich hat mein Drang zu dramatisieren, zu „tragödisieren" mich irre geleitet. Sein penetranter Schlafwunsch zuletzt hat gewiss auch mit der verschobenen Synchronisation der verschiedenen Zeitzonen zu tun, mit dem Jetlag, und doch ist bei Albert noch mehr herauszulesen, ein Todeswunsch. Ich bete zu allen Schutzgeistern, dass Albert nicht Suizid begangen hat. Seine Nichterreichbarkeit macht mich bange. Er war nun einige Wochen in Indien, doch von der „Seele", dem Kultus, der Geistigkeit, der Philosophie, der Gegenwartskunst Indiens in seinen vielen langen Briefen kein Wort, ich fragte ihn nach der indischen Musik, indischen Literatur, er ging einfach nicht darauf ein.

Mit was für einer Verve reiste unser Abendländer ins Morgenland. Ich ahnte es: Albert war nun einige Wochen rundum von vielen Menschen umgeben, und jetzt kam er in seine leere Wohnung zurück, einsam. Da hatte ich immer Angst, ob er das „überhaut".

Ich hoffe, dass sich Albert erholt, dass sich die Schrecknisse ins Gute auflösen. Vielleicht müssten wir im Kantonsspital St. Gallen oder in der Klinik Wil nachfragen, was ich nächste Woche machen werde. Albert ist es wert, sich für ihn einzusetzen. Hilfst Du da auch? Ich denke eher, Albert hat die Hilfe nicht, die er benötigte. Und ich bin kein erpichter Optimist, ich befürchte, dass die Hilfe zu spät kommen kann.

Im Internet finde ich keinen Nachbarn, keine Nachbarin in der Buchwaldstrasse 6 SG, die ich telefonisch anfragen könnte, kommst Du da weiter?

Was sollen wir tun?

Albert ist gewiss sehr souverän, doch in seinem Psychogramm sind Kurzschlusshandlungen nicht ausgeschlossen. Ich bete zu Gott, dass er sich nicht umgebracht hat. Ich docke, Ludwig, an Dein positives Denken an, dass sich alles noch zum Guten wenden möge.

In vielen, vielen Nächten noch vor Indien hatte ich mit Albert einen ausgedehnten Briefwechsel, seine hochbrisanten, intellektuellen, literarisch weit ausholenden Briefe fehlen mir. Auf eine Art, die ich akzeptierte, war er mir weit überlegen. Ich rasselte zackenbarschvergnügt in Einverständnis und Widerspruch drauflos.

Doch ich redete jetzt in der Vergangenheitsform, was mich erschüttert. Es gibt wohl eine Gegenwart, auch mit ihm. Das erhoffe ich existenziell.

Albert bewundert Dich. Du seist ein Philosoph und Weiser, der das lebt, was er sagt. Hilf, ihn wieder zu finden.

Herzlich grüsst Dein weinender Freund Paul

22. 1. 2018

Lieber Ludwig.

hier noch eine „Perle" aus Oscar Wildes „Bildnis des Dorian Gray": „Gute Künstler existieren lediglich in ihren Werken und sind darum im Leben völlig uninteressant." (Ich beziehe das, mit Abstrichen, auf mich.) – Nun habe ich diesen Roman zu Ende gelesen, es ist eine Schmuckschatulle an blendenden Geistesblitzen, im Glitzern und Funkeln des Stils. Doch manchmal hat mich diese furiose „Aufgekratztheit" etwas gelangweilt, dieses pfauenfarbene Dandytum. Der Einfall der Handlung ist genial, wenn auch etwas ermüdend konstruiert. Ich mag Wildes gesellschaftsrebellische Art, doch sie erschöpft sich darin. Mir fehlen die existenzialistischen Dimensionen in diesem schrillen, glamourösen Feuerwerk; das Gesellschaftsrelevante bzw. der Hass auf alles Gesellschaftliche wird von Lord Henry virtuos vorgetragen, doch dabei bleibt er auch stecken.

Da nehme ich mir heute Nacht wieder François Mauriac vor, der in meinen Augen eine weit gewichtigere, stärkere, grössere „Gewichtklasse" ist – ohne jetzt minder von Oscar Wilde zu denken. Im Ausloten der menschlichen Psyche ist Mauriac Wilde haushoch überlegen.

Ich danke Dir für das Mitteilen über Deinen Besuch bei Albert. Dass er nun in besten Händen und auf dem Weg der Genesung ist, freut mich sehr. Ich sage in Dein Vertrauen hinein, dass mich Albert zutiefst enttäuscht hat; ich habe ihm postalisch zwei Briefe geschickt, sprach dreimal auf seinen Telefonbeantworter, schickte vergebens fünfzehn Mails, und er hat mir mit seinem iPhone kein einziges Wort geschickt, wozu er offensichlich ganz gewiss in der Lage gewesen wäre. Ist das ein freundschaftliches Verhalten? Nun, ich bin sehr froh und dankbar, dass sich „das Schicksal" von Albert zum Guten wenden wird, doch ich kann und will es nicht verhindern, dass meine Beziehung zu ihm, zeitweilig mindestens, recht abgekühlt sein wird.

Ich lebte ein paar Jahrzehnte in den Künstlerkreisen von St. Gallen, doch KEIN EINZIGER hat mich ernst genommen. Das vergesse ich natürlich niemals. Auch im „St. Galler Tagblatt" wurde ich lächerlich gemacht „als *Fabrikant* von Gedichten" (von Richard Butz, diesem in der Ostschweiz angehimmelten Wunderschlachtross der tonangebenden Kulturverhinderung).

Albert schreibt seit Jahrzehnten ein Tagebuch, doch mir hat er noch niemals auch nur einen einzigen Satz übermittelt. Er traut mir zutiefst nicht, hat Angst, dass ich argumentativ breit abgestützt zu negativ sein könnte. Es ist schon so, dass ich sehr schwärmen kann, aber auch zerpflücken. Und diese meine Art kennt Albert, deshalb schweigt er wohl auch tagebuchbezüglich.

In meiner St. Galler Zeit war er oft in meiner Wohnung am Mühlenenbach, wir pokulierten oft bis in den Morgen hinein. Dann kam es zum Krach: Albert publizierte eine Schrift über Gustave Flaubert, wo er die These aufstellte, dass Flaubert in seinen Briefen an Louise Colet weit besser, interessanter war als in seinen Romanen. Ich zerriss diese These, argumentierte, dass sein Denkansatz völlig verfehlt war. Das verzieh er mir nicht. Gut dreissig Jahre haben wir keine Briefe mehr gewechselt; einmal trafen wir uns in St. Gallen zufällig persönlich, und das Gespräch in Briefen begann wieder. Wir hatten wieder einen regen Briefwechsel, bis er mir wieder den Abschied gab, von mir nichts mehr wissen wollte, weil ich ihm seine Faultierhaftigkeit unter die Nase rieb. Nach ein paar Wochen dieses Abschieds bot ich ihm die Hand zur Versöhnung, die er annahm.

Albert hat sehr wertvolle Eigenschaften, doch Du siehst, dass die Beziehung zu ihm, von ihm zu mir von Kalt- und Heisswechselhaftigkeiten durchschüttelt ist. Zudem rumort es in mir eingestandenermassen, dass er zu Lyrik null Beziehung hat, rein gar nichts versteht, und ich bin halt nun einmal durch und durch Lyriker, und in dieser Beziehung ist er völlig unbedarft. Ich mag ihn im Grunde sehr, doch dies ist immer eine Reizung der Beziehung. Er reagiert auf meine Lyrikbände nicht, liest sie wohl auch nicht. Das macht mich natürlich sehr unruhig, obwohl es nicht sein müsste, ich weiss. Doch ich will dies nicht ändern. Ich will nicht schönreden, wenn mir etwas – berechtigt – über die Leber kräuselt.

Nochmals: Ich bin froh, dass es mit Albert wieder gut gehen wird. Doch dass er mir keinen Mucks meldet, obwohl ich ihm meine ernste Sorge um ihn mitteilte, lässt mich meine Beziehung zu ihm etwas abkühlen. Ich nehme an, dass er mir wieder schreibt, sobald es ihm gut geht, ich habe da erstaunliche Geduld. Doch eine gewisse Spontaneität ihm gegenüber ist nicht ganz futsch, aber doch arg lädiert.

Nun habe ich wieder gerabaukelt, rabuzzinzelt und rikonozottelt, Du darfst und wirst schmunzeln, lieber Ludwig.

Den Titel meiner neusten Gedichte, „Zu dir hin entflammt", gibt es nicht mehr, er ist mir zu christlichnah; vom „Heiligen Geist entflammt" und so. Doch ich werde wieder einen finden, der unverwechselbar gisisch sein wird. Kommt Zeit, kommt Rat.

Nun habe ich wiederum ein paar Beziehungssächelchen aus meiner Vita konnotiert, aufgefächert, als Bleibendes und Verhuschendes. Das Leben wogt, wellt, fliesst, strömt in sich, aus sich heraus. Stagnation hiesse Tod, und das mag ich auf teufelkommraus nicht. Ich liebe den Serail der Imagination, das Gewebe die Illumination, die multivalenten Lösungen, die schraffierten neuen Möglichkeiten. Jeder Tag, jede Nacht ist wie am ersten Schöpfungstag überraschend. Da gibt es keine vorgefertigten Antworten. Das Leben ist eine Odyssee, das Ankommen irgendwo immer ungewiss.

Ha, nun beende ich aber diesen Brief, sonst wird ein Buch daraus. Ich hoffe, meine Krummhornklänge haben Dir probabel in Einverständnis und Widerspruch gefallen.

Ganz herzlich grüsst Dein alter Zackenbarsch Paul

Lieber Ludwig.
Lieber weiser Lu,

heute Nacht hörte ich Claudio Monteverdis Oper „L'Orfeo"; sie hat sehr schöne Arien, Rezitative, Sinfonia und Chorstellen, die mich sehr schön dünkten, doch im Ganzen langweilte sie mich, fand mein Herz kaum Zugang. Ich bin eben beim Belcanto „zuhause".

Zu andern literarischen „Grosswerken" wie Homers „Odyssee" oder Goethes „Faust" suche ich seit Jahren oder Jahrzehnten immer wieder Zutritt, doch es gelingt mir nicht. Jetzt, gegen Mitternacht, betört mich „La divine Liturgie de Saint-Chrysostome", die slawisch-byzantinische Liturgie des Hl. Johannes Chrysostomus. „Wir wurden erfüllt von Deinem nie endenden Leben, wir genossen Deine unerschöpfliche Wonne", das ist der Geist dieses herrlichen altrussischen Kirchengesangs. Die wundervolle Klangschönheit dieser Harmoniefolgen, in freiem Rhythmus, begeistert mich unwiderstehlich. „Die wir die Cherubim geheimnisvoll darstellen und den Lobgesang des Dreimal-Heilig singen" ist wohl der Kern dieser grossartigen Gesänge. Da verneige ich mich in Demut und Begeisterung.

Ich schrieb wiederum ein paar Gedichte, die wohl eher dunkel sind, doch ich weiss nicht, ob ich das GEHEIMNIS des Lebens berühren konnte. Ich bin gnadenlos kritisch mit mir. Meine Gedichte müssen noch stärker, geraffter, bildintensiver werden, sonst bin ich nicht mehr gewillt, einen weitern Lyrikband zu publizieren.

Ich schrieb auch ein paar „Sätze", eher mit leichter Hand, meine Lust am Provozieren drückt etwas durch, doch das soll mir recht sein. Irgendwie gehört es zu meiner „Aufgabe", Klischeemeinungen zu zertrümmern. Deshalb liebe ich auch François Mauriac, den katholischen Schriftsteller und Literaturnobelpreisträger von 1952, dessen Prankenhiebe gefürchtet waren. Das Sicharrangieren mit angeblich mehrheitsfähigen Ansichten und Verhaltensweisen mag ich auf teufelkommraus nicht. Das vergrössert irreparabel, irreponibel meine Einsamkeit, doch das nehme ich in Kauf, stecke ich ein. Ein Widerspruchsgeist gehört zutiefst konstitutiv, proportional zu mir; ich hasse die Hochglanzleistungsgesellschaft, all die septischen, geldgeilen, bestsellertrivialen Schriftstellerkümmerlinge, die auf allen Hochzeiten camoufliert tanzen. Da baue ich lieber in meiner Ermitage unbekannt, unentdeckt an meinem Spätwerk, ein grosser Bekanntheitsgrad wäre kotzerig. Ich kann nachgerade kaum mehr in die Orell-Füssli-Buchhandlung gehen, ohne dass es mir kotzübel wird.

Heute schrieb ich folgenden „Satz": „Mit zunehmendem Alter bewundere ich das *echte* Kunstwerk mehr und mehr, verwerfe aber auch das meiste `Kunstschaffen` rigoros als Kitsch und parfümierten Mist."

Ich hoffe, Du nimmst mir meine briefliche Geisterbahnfahrt nicht krumm. (Ist nicht das ganze Leben eine Geisterbahnfahrt?)

Auch wenn ich gescheitert bin, darf ich doch sagen, dass ich nie muschlig gewesen bin. Spiegelglatte Wahrheiten gibt es nicht, ich liebe die komplexen, illuminierten, auch polemischen (aber nicht sophistischen) Umschichtungen und gerammelt vollen, widersprüchlichen, querköpfigen Ansichten und Verhaltensweisen des individuellen Lebens, die psychologischen Charakteristika der einfühlsamen und entfesselten

Träume. Und wenn meine Worte wie ein Nachtschattengewächs etwas davon erahnen lassen, bin ich – salve venia, mit Verlaub gesagt – heidelbeerkrautfarben glücklich. Mehr suche ich nicht.

Ich bin weit nicht mehr so intelligent wie als Zwanzigjähriger, die Molassenschichten des Alters, des Alterns verkümmern wie geologische Tertiärschichten, ich komme mir vor wie im Statoblast, ungeschlechtliche Fortpflanzungskörper der Moostierchen. Doch ich erlebe das nicht nur als Verlust, sondern als geistigen Gewinn, als existenzielle Transformierung, ein Transitorium, eine Dauer des Ausnahmezustandes. Und was wäre das Leben – vivat, crescat, floreat, es lebe, blühe und gedeihe – etwas anderes als ein Ausnahmezustand? Alors, Lu, derart sind meine getigerten, geflammten, schilfrigen Ansichten und Gegenansichten, überhaupt nicht testamentarisch gedacht, sondern einfach so.

Nun habe ich aber wiederum gerabaukelt, rabuzzinzelt und rikonozottelt, wortgecimbelt, auf dass dieser Brief Dich vergnügt, Paul

Ich erkunde
die Milchstrasse
in mir –

   JOSEPH HAYDNS STABAT MATER
    IM LICHTRISS

die Wege sind feurig

(Brief an Albert Rutz:)

4. 2. 2018

Lieber Albertulus

In meinen „mittleren" Jahren liebte ich E. M. Cioran frenetisch ekstatisch, doch dann habe ich ihn abgelehnt, ich erinnere mich natürlich, dass ich Dir schrieb, ich finde ihn „parfümierten Mist" – und jetzt, genussvolle Erstaunlichkeit, liebe und lese ich ihn wieder mit einer tiefer gewordenen Begeisterung. Da ich bald auf die siebzig zugehe, beginne ich sogar Johann Sebastian Bach zu lieben, den ich bis anhin mein Leben lang nicht sonderlich mochte. Es gefällt mir, dass ich mich laufend verändere, nicht versteinert bin. Dazu passen die „Metamorphosen-Sinfonien" von Karl Ditters von Dittersdorf, die ich augenblicklich höre.

Ich las letzthin viel Mystisches, Religionsphilosophisches, Religionshistorisches, und jetzt muss ich wiederum „Befreiteres" lesen; ich las auch manche Bücher von François Mauriac ein zweites Mal, doch mit der Zeit machten sie mich wild, weil sie zu sehr im Familienkreis (im Grunde genommen habe ich überhaupt keinen Sinn für die Familie), im Christlichen, ja im Konfessionell-Katholischen verwurzelt sind. Ich mag keine vorgegebenen Fesseln, ich bin zu sehr Freigeist, voilà. Das Land, die Urwälder, die Ozeane der Literatur sind herrlich.

Wie geht es Dir? Bekommst Du bereits vorfrühlingliche Lebensenergie, tatenlustigen Geist? Hat sich Deine Gesundheit wieder eingependelt?

Im Grossen und Ganzen empfinde ich es als Geschenk, älter, alt zu werden, solange das Moribunde wohl hoffentlich noch eine „längere" Zeit zuwartet. Das Lebensende piesackt einen noch „früh genug" …

Meine neusten Gedichte, die ich schreibe, sind mir zu leicht; auch meine neuen „Sätze" überzeugen mich nur wenig. Ich muss da unbedingt ein paar „Zacken" zulegen, und wenn mir das nicht gelingt, publiziere ich nichts mehr. Doch klar ist, dass ich nicht anders kann, als „an der Sache" dranzubleiben (und meine „Sache" ist seit über fünfzig Jahren das Schreiben).

Wenn ich nochmals fünfzehnjährig wäre, was wollte ich gleich oder ähnlich oder ganz anders machen? Das füllte eine dicke Autobiografie im Konjunktiv, doch die werde ich niemals schreiben, diese Gewissheit ist absolut. Meine präsumtiven Prägungen erhielt ich alle erst ab meinem fünfzehnten Jahr; die Kindheit war für mein Leben nicht prägend, da widerspreche ich allen gängigen Mehrheitslehrmeinungen. Erst in resp. nach der Pubertät begann ich mich konstitutiv zu umkreisen, vorher war alles noch verpuppt und für meine Persönlichkeit, mein künstlerisches Wesen und meine Polyvalenz völlig zufällig, unwichtig.

Ach wäre ich doch ein Tausendfüssler, ich würde keck in die Welt hinausbeineln, immer auf Neues aus; das Altbekannte mag ich nicht. Überraschungen sind die Würze des Lebens.

Hoffentlich hast Du einen schönen, guten Abend, kontemplativ und sinnlich, einfach so, wie Du es wünschst.

Herzlich grüsst der alte Zackenbarsch Pablo

Lieber Ludwig

Du bist der beste, grosszügigste, liebste Mensch – DANKE! Das neuste Büchlein ist einfach wunderschön, ein Labsal für die Augen. Ich bin restlos entzückt, begeistert. Und ich glaube, hoffe, dass auch die "lyrischen Notizen" sich sehen lassen dürfen.

Morgen abend bin ich von einem Freund (Daniel Anton Kappeler) in eine Pizzeria eingeladen, er möchte ein Exemplar der "Pinselstriche" kaufen; er hat bereits letztes Jahr Bücher für 150 Franken von mir gekauft, er liebt mein Schreiben. Dies ist für mich natürlich ein schönes Erlebnis. Er machte letzthin in der Musikakademie Basel Aufnahmen mit seiner Bratsche und Computer, er ist ein sehr interessanter und sensibler Mensch. Er will mir seine Aufnahmen zu hören geben, zudem schenkt er mir auch Wein und Tabak. Er wohnt in Gossau und Binningen (bei Basel). Er kommt extra nach Rorschach, und dann gehen wir in die Pizzeria Gemelli, die sich bloss zwei Minuten entfernt bei meiner Wohnung befindet. Ich möchte meiner Depressionen wegen nachts nicht länger unterwegs sein.

Heute Nacht beginne ich "Schuld und Sühne" von Dostojewskij wieder zu lesen, die Erstlektüre geht auf März 1972 zurück.

Ich wünsche Dir, nahe an Seinswelten, einen beglückenden Abend, herzlich grüsst Dein Paul

Lieber Ludwig, lieber weiser Lu,

Ich weiss es vergnügt, dass ich immer wieder Künstler sehr liebe, sie nicht mehr liebe und sie dann wieder liebe, für mich ist das ein Gewoge, ein rastloses Hin und Her. Liebe kann für mich nichts Statisches sein, sie ist eine tumultuöse Ambivalenz, eine existenzielle Geisterbahnfahrt. (Meine nächste Brosmete heisst „Eine Geisterbahnfahrt, die ist lustig", sie ist eigentlich eine Politsatire – doch wer merkt das schon?) Es gibt (verblüffenderweise?) aber auch „Konstanten" in meinem Leben; sie heissen Rilke, Wolfgang Borchert, Dostojewskij, Else Lasker-Schüler, Robert Walser, Vincent van Gogh, Marc Chagall, Gaetano Donizetti, Mozart, Anton Bruckner, um spontan nur ein paar (die wichtigsten wohl) zu nennen. Bei diesen Künstlern wurde ich noch niemals wankelmütig. Da ist meine Liebe seit fünfzig Jahren festgefügt. Ist das nicht auch lustig, eine fabelhafte Pattsituation.

Bei meinem plutonischen, tiefengesteinigen Charakter hat die „Treue" wenig Wert, da es immer wieder stürmt und tobt, sie (die Treue) keine definite Grösse impliziert. Ich liebe die Veränderungen, die Surrealitäten, die Imponderabilitäten. Das Leben ist zu kurz, um sich allzu fest, allzu oft festzulegen. Alkyonische (friedliche, windstille) Zustände sind mir eher ein Graus, todnah, und da bäume ich mich auf. Es ist doch herrlicher, wenn die Stürme gewaltig um die Ohren brausen, Sturzfluten einen vom Kurs abbringen, wenn Satelliten umgesteuert werden; ich liebe die Ungewissheiten. Dass ich morgen wesentlich ein Anderer sein kann, als ich es heute bin, finde ich wunderbar. Bon, ich weiss, das kann schwierig sein, mit mir zu verkehren. Ich bin ein Wechselwarmblüter, ich fühle mich nur wohl in verschiedenen Biotopen. Generalisierungen hasse ich wie die Pest. Ich suche das „Hinterfragwürdige" in allen Belangen. Nihilismus, Positivismus und was weiss ich noch alles, sind nur auf Widerruf interessant. Das Leben ist ein Stepptanz, wild und ohne ein Ende abzusehen. Ich liebe die Überlichtgeschwindigkeiten, die Fiktionen, Präformationen überlasse ich gelassen den Schwerenötern.

Ich schreibe brausig und muss die kaudrigen Depressionen kennen lernen, doch ich lasse mich von diesen nicht bodigen. Manchmal ist das Leben ein Gelumpe, doch es kennt auch die Höhenflüge. Und diese sind es, die zählen.

Herrgottschtärnechaibnochmals, da habe ich im besten Fall noch ein paar Jährchen zu leben, ich denke, zu leben ist HERRLIGG. Was kann da nicht alles noch passieren, ich bin subkutan und überhaupt sehr gespannt. (Ich möchte, Du vermutest, ahnst, weisst es, einen weitern Lyrikband publizieren, doch ob es mir noch gelingt?)

Was sind wir schöpferischen Menschen anders als Vulkanologen, die sich mit Eruptionen beschäftigen, die nicht voraussehbar sind. Halb dunkel, halb hell, glühend heiss beim Feuerauswurf, erbarmungslos kalt in erstarrter Lava.

Traversieren wir die nächsten Tage. Auf geht's!

Lieber Ludwig

Dass Dir meine Briefe gefallen, freut mich natürlich.
Was meinst Du, wollen wir die Briefe an Dich in einem
Büchlein zusammenfassen – Du hast wohl, wie ich
glaube, die Möglichkeit, dies in die Wege zu leiten, ja?
Auf andere Briefe – und dies geht in die Zehntausende
– habe ich keinen Zugriff mehr; man könnte diesbezüg-
lich Albert anfragen, der hat meine Briefe aus frühern
Jahren noch, er wäre bestimmt kooperativ.

Am Schönsten und Wichtigsten wäre für mich, wenn
die Briefe an Dich hervortreten könnten, denn Du bist
mir zum wichtigsten Gesprächspartner der letzten Jahre
geworden.

Ich denke mir, wir müssten alle Briefe und Briefelchen
an Dich so nehmen, wie sie da sind, ich würde nur
sanft, minim retuschierend eingreifen wollen. Was
meinst Du? Ich gehe gern auf Deine Vorstellungen ein.

Ich habe leider meine Briefe an Dich nicht mehr.

Nun bin ich gespannt, was Du meinst.

Kürzelbriefe kontra Ausuferungsbriefe

Lieber Ludwig

Leider kann ich die Dokumente auf dem Stick nicht öffnen, ich habe den "Outlook" nicht. Mein PC ist eigentlich museal, die Möglichkeiten sind äusserst beschränkt.

Und als ich die vielen Einzeldokumente sah, sank mein Mumm in den Keller; auch wenn sich die Dokumente öffnen liessen (was jetzt unmöglich ist), brächte ich die Energie und den riesigen Arbeitsaufwand, alles zu redigieren, nicht auf.

Ach, ich habe mich schon riesig gefreut – doch jetzt muss ich leider sehen und eingestehen, dass ich dieses Projekt fallen lassen muss, ich bedaure das sehr. "Fulminantes Weltverständnis. Briefe an Lu" wäre sicher eine famose Sache, doch die "elektronischen" und die energieaufwändigen Hindernisse sind zu gross, da kapituliere ich.

Wenn Du alles übernehmen wolltest, so dürftest Du nach Deinen Entscheiden absolut derart kürzen, wie Du gut fändest. Doch ich möchte auf keinen Fall diese Riesenarbeit Dir überbürden. Dein eigenes Werk soll und darf und muss für Dich an erster Stelle figurieren, das ist zweifelsfrei gegeben und darf durch nichts überbelastet, verdrängt werden. Und dann die unzählig vielen Einzelbriefdokumente in ein einziges Dokument überführen, wäre nochmals eine gigantische Arbeit.

Nein, Ludwig, geben wir auf. Du hattest jetzt schon eine grosse Arbeit. Ich wäre nicht mehr in der Lage, so viel zu bearbeiten, ich scheiterte am Arbeits- und Energieaufwand, ich komme jetzt schon nur knapp über die Alltagsrunden. Und die "elektronischen" Hürden sind für mich schlicht nicht mehr zu nehmen.

Es wäre gewiss fantastisch gewesen, ein Briefband an den Freund Lu.

Ich schreibe Dir weiterhin meine lapidaren Kürzelbriefe und dann und wann mit Begeisterung fulminante Ausuferungsbriefe, denn Du bist mein wichtigster, liebster Mensch, den ich kennen darf; und dass das nicht publik gemacht wird, soll uns nicht betrüben.

Henu! Ich wünsche Dir einen guten Abend.

Dein Paul

15. 2. 2018

Lieber Ludwig

Nun habe ich die gut hundert Seiten Briefe gelesen und ich bin überrascht. Frage: Findest Du die "philosophischen" frühern Briefe noch? (Wenn nicht, macht es auch nichts.) Ja, das wird ein prima Buch. Ich bin begeistert. Das wird ein herrliches Dokument unserer Beziehung. Ich werde alles so belassen, bis auf zwei minimale Kürzungen im Zusammenhang mit Rainer Stöckli und Albert Rutz.

Dein Titel und Deine Zwischentitel sind sehr gut, treffend, ein Fest für mich. Du kannst das so gut!

Ich werde dann diese zwei minimalen Kürzungen selbst machen.

Vraiment, das wird eine herrliche Sache, ich freue mich riesig.

Vielleicht kannst Du noch schauen, dass überall die gleiche Schriftgrösse besteht (sie wechselt auf einmal). Und vielleicht kannst Du auch die "automatische Silbentrennung" eingeben – ansonsten kann ich das dann auf dem Laptop machen, ich weiss jetzt, wie das geht.

Hui, lieber Ludwig, da hast Du ein wahres Wunderwerk am "Zusammensammeln" meiner Briefe vollbracht, ich ahne, was für eine immense Arbeit dahintersteckt, ich danke Dir von Herzen vielmals. Ich bin überzeugt, das wird ein prächtiges gisisches Werk, das ja nur durch Dich lebt.

Diese Briefe sind auch für mich eine Sensation. Aus meinen paar Zehntausenden Briefen, die ich in meinem Leben schrieb, sind sie – Pars pro Toto – eine gute, wichtige, signifikante Äusserung, hinter der ich voll einstehe; sie sind situativ gültig.

Auf dem Cover ein genialer Holzwürfel von Dir, wäre herrlich. Auf der Copyrightseite müsste vermerkt sein: Umschlagbild: Holzwürfel von Ludwig Weibel.

Auf ein Werkverzeichnis von mir will ich am Schluss unbedingt verzichten.

Für die Umschlagsseite hinten bitte ich Dich, einige charakterisierende Worte zu schreiben, Du kannst das so gut.

Für die BoD-Gestaltung hast Du freie Hand, ich mag alles ausser diesem wässrigen Hellgrün.

Wenn Du ein kurzes Vorwort oder Nachwort schreiben möchtest, wäre mir das auch sehr recht, entscheide frei selbst.

Ich benötigte dann in der Schlussphase Deinen Laptop, um die letzten Feinkorrekturen vornehmen zu können.

Tauchten weitere Fragen auf, gehe ich gern auf Dich ein; im "Zweifelsfall" darfst Du immer frei entscheiden, ich bin im Voraus einverstanden.

Es ist VERRÜCKT, dass nun "Gisis Meisterbriefe" unter Deiner Ägide in einem Buch (weiter)leben dürfen; auch wenn ich nicht stolz bin, sondern existenziell bescheiden, pocht vor Freude mein Herz, Briefe an Dich zu publizieren – ich hoffe, dass mein "Sound" einmalig ist. Parbleu, meine Briefe an Dich, lieber Lu, habe ich vollständig Dir zu verdanken, Du hast mich dazu "entfesselt".

Das grösste Wunder meines Lebens bist Du.

"Lass dich in Herzenstraulichkeit von Mir umfangen": Wie gut gesagt, jawohl, so sei's!

Ich werde noch, wie gesagt, vier, fünf Brosmeten einfügen, doch dann brauche ich wie bis anhin auf Deinem Laptop eine Word-Datei, ansonsten kann ich nichts machen ...

HERLIGG!

Ich bin schon ganz kribblig vor Vorfreude.

Ganz herzlich grüsst, von Dir auch wortmässig reich beschenkt, Dein kleiner alter Zackenbarsch Paul

(Brief an Albert Rutz:)

17. 2. 2018

Lieber Albertulus

wie geht es Dir gesundheitlich? Ich dachte oft an Dich.

Für mich hat sich in den letzten Tagen etwas Verrückt-Tolles eingefädelt. Ludwig will Briefe von mir an ihn publizieren, er ist sehr begeistert und denkt, dass vieles von diesem Briefkorpus nicht untergehen soll. Er schickte mir einen Stick mit über fünfhundert Briefen von mir, doch ich hatte dieses PC-Programm nicht und konnte diese Dokumente nicht öffnen. Dazu schrieb ich ihm, auch wenn ich diese Dokumente öffnen könnte, könnte ich sie nicht redigieren, denn mir fehlt dazu Zeit und Energie, ich bin zurzeit froh, einigermassen passabel über den Alltag zu kommen. Ich kapitulierte und sagte, stellen wir dieses Projekt ein. Er antwortete umgehend, er freue sich, dieses Briefprojekt zu machen und schickte mir bereits hundert Seiten meiner Briefe zur Ansicht, bereits im Layout eines Books-on-Demand-Buches. So wird dieses Briefprojekt dank Ludwigs Begeisterung gerettet, was mich natürlich freut. Ludwig hat sich da eine grosse Arbeit aufgebürdet; ich will dann in der Schlussphase einfach noch die Feinkorrekturen durchführen. Vivat! Das ganze Prozedere dauert bestimmt noch einige Wochen, doch das macht nichts.

Die ersten hundert Seiten, die ich las, haben mich verblüfft, ich wusste im Grunde genommen nicht so genau, dass mein Briefschreiben derart „aus einem Guss" ist. Ich bin natürlich begeistert, dass Ludwig über meine Briefe begeistert ist; dass ich sein Freund und Bruder sein darf, ist für mich ein unfassbar grosses Geschenk. Ich gab Ludwig die Freiheit, einen Titel zu erfinden, zu kreieren, er nennt diese schier ausufernde Briefsammlung (vorläufig?) mit dem Titel „Gisis Meisterbriefe". Was für ein Fest für mich. Meine Dankbarkeit Ludwig gegenüber wächst immer noch.

Ludwigs Bücher sind nicht leicht zu lesen; jetzt lese ich sein Buch „Liebe und Sein. Eine ganze Seele strömt dir zu. Exquisite Briefe aus des Herzens liebevollem Gral". Es ist eine tief menschliche, existenzielle Lust, Ludwig Weibel zu lesen; das Beste von ihm ist wie Beethovens späte Streichquartette, die weite seelische Räume öffnen, seine Sprache ist feinnervig moduliert, seine Inhalte sind metrologische Geheimnisse und imponderabile Schönheiten, die zu entdecken sind. Es gibt nichts Ähnliches; das Diskursive taugt zu nichts. Es geht um poetische, musikalische, facettenreiche Entwürfe, Kompositionen auf einem hohen philosophischen Niveau. Ich finde das fantastisch.

Wie ergeht es Dir mit Ludwigs Büchern? Hast Du den Zugang zu ihnen gefunden, und wenn ja, inwiefern?

Auch in unserer durchdigitalisierten Welt (wo bald jeder Schritt in einem Server registriert wird) ist es wunderbar, Schatzgräber zu sein, auf der Suche nach dem Geheimnis des Lebens, das nicht codierbar ist. Ich habe ein Leben lang gesucht, pfiff auf alle Vorgegebenheiten, versuchte, mich in sensuellen (sensualistischen) lyrischen Unergründlichkeiten zu verlieren, mich zu finden, ach, da gibt es keinen Unterschied. Es ist ein

Septimenakkord des Geistes, der Sinnlichkeit. Das Leben ist eine Einneblung in der Abwechslung mit Aufhellung.

Alors, lieber Freund in St. Gallen, ein Lebenszeichen von Dir würde mich freuen, doch Du weisst, Du hast alle Zeit, die Du brauchst, um Dich aufzurappeln. Ungeduld habe ich längst über Bord geworfen. Ich beginne – salva venia (mit Verlaub zu sagen) – mit neuen melismatischen Massstäben mich einzurichten, troglodytisch mich zurückzuziehen, verbunden mit dem ganzen Kosmos (oho!). Das Leben ist weit mehr als Psychophysik – es lebe die Freiheit der Fantasie, der Madrigalchor der Schöpfung.

Prost, Albertulus, trinke Dein Lebenselixier, es kann ja nur besser kommen. Ich könnte schier „ewigs" par excellence daherplaudern, doch ich will in den „Dämonen" von Dostojewskij lesen.

So weit, so kurz meine Sonantine. Du darfst schmunzeln.

Alors, nimm meine Pastorelle mit Vergnügen auf, lass es Dir gut gehen, old friend, ich kann es nicht ändern, dass meine Briefe paulinisch geraten, ich heisse halt nun mal so, sapperlotnochmals.

Wie soll ich grüssen? Dionysisch oder sphärenharmonisch, ach, ich weiss es nicht, ich hab's vergessen. Bon, parbleu, ich wünsche Dir einfach ganz herzlich nur Gutes und freundschaftlich Liebes, Dein Pablo

(Brief von Albert Rutz:)

Sonnabend, 17. Februar 2018

Lieber Pablo,

lieber alter Zackenbarsch!

Ich stecke wieder mal in einer tiefen Krise was unseren Briefwechsel und unsere Freundschaft anbelangt. Natürlich möchte ich Dir schon lange schreiben und antworten – aber ich bin schreibblockiert, paralysiert ... Deine Lyrik steht zwischen uns. Ich kann überhaupt nichts mit ihr anfangen. Ich finde sie grotesk, und Deinem übergrossen Publikationsdrang stehe ich mit Unverständnis gegenüber. Wenn Du in Deinen Briefen von Deinen Bedenken und Schaffenskrisen schreibst, erwartet man jeweils weiss Gott nicht was – doch was man schlussendlich in Händen hält, verblüfft einen, irritiert einen, desillusioniert einen. Und Du machst einfach unbeirrt weiter. Das mag Dein gutes Recht sein – aber wie Du schon im letzten Jahr angedeutet hast, eine Freundschaft, ein Briefwechsel auf dieser Basis schliessen sich praktisch aus. Ich müsste mich verdrehen können wie ein Figur Picassos, um das irgendwie fertigzubringen – und Du wahrscheinlich auch.

So fürchte ich einmal mehr, dass unser Briefwechsel und wohl auch unsere Freundschaft zu einem natürlichen Ende kommen. Ich bin nicht wütend auf Dich – ich bin einfach ratlos, hilflos, perplex. Ich sehe keinen Ausweg. Ausser dass wir in gegenseitigem Einvernehmen auf- einander verzichten. Leben und leben lassen – ich gehe meinen Weg, Du gehst Deinen Weg.

Mit einem herzhaften Gruss – Albertulus

18. 2. 2018

Lieber Ludwig

Ich schickte Albert meine "Pinselstriche" mit Widmung, und jetzt das! Auf die spirituelle Kunst bezogen, ist er weniger als eine Laus. Sein Brief verrät ihn.

18. 2. 2018

Lieber Ludwig

Ich machte mir echt schwere Sorgen um Albert und war dann glücklich, als sich bei ihm eine Besserung abzeichnete. Ich schrieb ihm feinfühlige Briefe.

Dass er einen tiefsitzenden Groll gegen mich hat, und das schon seit Beginn unserer Bekanntschaft, blieb mir natürlich nicht verborgen. Jetzt hat er mir auf einen lieben Brief von mir einen Fusstritt in den Hintern gegeben, nur weil ich ihm meinen neusten Lyrikband mit handschriftlicher Widmung schickte und er diese Gedichte grotesk findet und er nun endgültig die Schnauze voll hat von meinen Gedichten.

Psychologisch gesehen, ist Alberts Verhalten durchsichtig. Er hat in seiner «Jugend» einmal einen Roman zu schreiben begonnen – und versagt. Er hat einmal eine dürftige literarische Schrift zusammengeschustert – und versagt. Und es ist nicht zu kaschieren, dass er ein absolutes Faultier ist.

Nun, für mich ist dieses Kapitel zu Ende; ich bemühte mich feinfühlig und mitteilsam um ihn – und er hat meiner Gedichte wegen die Tür zugeschlagen.

Henu, jedes weitere Wort dazu wäre unnütz. Soll er doch vor sich hinvegetieren, solange er will. (Balzac hat solche Typen treffend beschrieben.)

Paul

18. 2. 2018

Lieber Ludwig

Die Zeiten sind sehr strub. Ich habe bei Salt ein Multisurf, das heisst zwei Tablets, eines benützt Marcel, und eben dies haben sie abgeschaltet, es ist kein Internetzugang mehr möglich. Im Laden nahmen sie die SIM-Karte heraus und sagten, diese sei kaputt und warfen sie weg, ich soll tagsdrauf nochmals kommen, da ihre Computer zurzeit lahmgelegt seien. Tags drauf ging ich nochmals in den Salt-Laden, da sagten sie mir, ich sei gesperrt, sie können mir nichts geben, ich hätte längst schon ein Natel und ein Tablet zugute. Bei der Hotline sagten sie mir, es sei alles gut, sie verstehen das nicht. Ich informierte auch die Kesb, die auch die Hotline kontaktierte, und dort hiess es wiederum, dass bei mir alles gut sein müsse. Frau Eleganti von der Kesb sagte mir dann, sie werden das nicht akzeptieren, dass ein Kunde derart falsch, verlogen behandelt werde, ich solle am Montag nochmals in diesen Laden gehen und die betreffende Verkäuferin ans Telefon bringen. Ich werde das machen, doch ich weiss jetzt schon, die Aussichten stehen für mich schlecht; die Einzahlungen wurden alle geleistet, der Vertrag ist klar, und wenn sie die entsprechenden Leistungen nicht bringen, ist das Geschäftsbetrug.

Ich komme mir wie Donquichotte vor, der gegen Windmühlen kämpfte. Derweil müsste ich meine Letztenergie für Sinnvolleres einsetzen. Ich bin geschlaucht.

Nun haben Marcel und ich ein feines Fondue genossen.

Dass meine erste Reaktion aufs Alberts Türezuschlagen zu heftig war, weiss ich, doch ich wollte es nicht gemässigter. Ich habe Albert manche sehr sensible Briefe geschrieben, er mir auch, er telefonierte mir nach dem Spital und war äusserst gesprächig.

Dass meine Gedichte für ihn ein rotes Tuch waren, wusste ich natürlich, sagte ihm aber auch, dass er gar nicht darauf reagieren soll, es sei schon gut. Und nun schmeisst er mir an den Kopf, dass meine Gedichte zwischen uns ständen; gewiss, was Gedichte anbelangt, ist Albert ein absoluter Tölpel, ein lächerlicher Banause, ein ausgekochter Spiesser. Sein letzter Brief an mich, ich legte ihn Dir bei, verrät bei aller Beherrschung, dass er einen Schub geistiger Umnachtung durchmachte, gepackt von einer Schizophrenie, eine Psychose. Er hat das alles natürlich sehr gut getarnt, doch wer lesen kann, der kann lesen. Es war ein hysterischer Anfall mit affektbedingten Bewusstseinstrübungen sowie einem theatralisch-demonstrativen Verhalten, in dem er versuchte, sich ins Recht zu setzen. Dass meine Gedichte „grotesk" seien, das heisst überspannt, verzerrt, damit macht er sich restlos lächerlich. So etwas Verdummtes wurde noch nie zu meinen Gedichten gesagt. Ich stelle fest und weiss es auch genau, dass Albert wie ein Säufer Bier trinkt, da vernebeln sich seine Gedanken arg, zudem verändert dies auch seinen Charakter.

Es gibt Menschen, die verfeinern sich mit dem Alter, andere, die vergröbern. Albert hat sich vergröbert. Ich bin kein Mensch, der ungerechte Anschuldigen wortlos in sich schluckt; es wäre gewiss „weiser", Albert nicht mehr zu schreiben, doch wie ich mich kenne, will und werde ich ihm nochmals einen Brief schreiben und ihm deutsch und deutlich sein arrogantes Maul stopfen. Es ist betrüblich, wie dumm, philiströs, unkünstlerisch ein Mensch werden kann.

Seit ich ihn kenne, hat er sich immer wieder abschätzig zu meiner Lyrik geäussert, da ist er eine typische sanktgalloide Null. Mein vieles Publizieren hat er schon immer angeprangert, doch hinter diesem Gift steckt purer Neid, da er auf allen Linien ein Versager ist. Er hat wirklich noch rein gar nichts geleistet ausser seinem Scheissberuf. Pardon, dass ich so rede, doch ich will nicht beschönigen. Seit Jahrzehnten brabbelt er von seinem Tagebuch, doch wer hat das schon gesehen, darin gelesen? Er liebt es, sich in der Beiz seine Birne mit Bier volllaufen zu lassen, besucht mit seinem GA allerorten eine Kunstausstellung und fühlt sich sackstark, das ist seine einzige „Leistung".

Nun, ich überlege mir noch, soll ich ihm schreiben und argumentativ recht aufdrehen, oder soll ich einfach schweigen (was eigentlich nicht so meine Sache ist). Ich werde mein Gewissen abhorchen und dann entscheiden, ein für alle Mal.

Ich bin wirklich aufgewühlt, dass nun Albert ohne konkreten Grund (ausser meiner Gedichte) derart ausfällig geworden ist. Nun, er wird alt und soll Gugelhopfe backen, zu mehr reicht es bei ihm nicht mehr. Ich weiss, Ludwig, Du hättest es lieber, ich würde nicht so heftig reagieren, doch niemals bis zu meinem letzten Atemzug werde ich mein heftiges Temperament verleugnen. Es gibt genügend falsche Tanten und ruchlose Scheinheilige.

Dies wollte ich Dir offen gesagt haben, lieber Ludwig.

Wichtig sind nun unsere Briefe, ich freue mich riesig darauf. Das wird ein wundervolles Seinsfest.

Ich lebe so sehr im Augenblick, dass mir das Vergangene bald unwichtig wird.

Alors, es geht weiter!

Herzlich grüsst Dein Paul

AUF DER FELSTERRASSE
SINNIERT SENG-TS`AN

　　　ein Vogel irrt
　　durch die Gewitterwolke

　　wir wollen wach bleiben
　　in dieser Nacht
ATEM IN ATEM VEREINT

　　　　(pg)

19. 2. 2018

Lieber Ludwig

Dass Albert mich menschlich fortwirft, nur weil er meine Gedichte nicht mag, muss man eindeutig als geisteskrank diagnostizieren mit einem ganz schäbigen Charakter.

Ich werde ihm kaum antworten, er kann mir den Buckel runterrutschen.

Herzlich grüsst Paul

(Brief an Albert Rutz:)

19. 2. 2018

Lieber Albertulus,

Meiner Gedichte wegen, die Du "grotesk" (wunderlich, überspannt, verzerrt) findest, schickst Du mich auf den Weg ohne Dich. Wir wechselten letzthin gute einvernehmliche Briefe miteinander, Du hast mir auch telefoniert, wir plauderten gut hin und her. Deine Verabschiedung trifft mich wie eine kalte Dusche. Ich frage mich, was ist der WAHRE Grund dafür?

Ich glaube nicht, dass es nur meine Gedichte waren, die Dich veranlassten, mich abzuhängen; irgendeinen "Sound" meiner Briefe mochtest Du auch nicht. Das tut mir Leid.

Meinen Publikationsdrang magst Du auch nicht, doch ich bin halt nicht derart sanktgalloid kümmerlich, ist das wirklich etwas Schlimmes?

Ich denke mir, Du hast so viel von der Welt erlebt, dass Du auch meine Art verdutzt-vergnügt aufnehmen könntest.

Herzlich grüsst Paul

Lieber Ludwig

Ich habe Dir einen langen, orchestralen, wortsinfoni-
schen Brief auf dem PC geschrieben, doch ich kann ihn
nicht aufs Tablet übertragen, wo ich ihn Dir mailen
könnte. Die verfluchte Elektronik trickst mich aus.
Wenn sich das nicht ändert, ist die Zeit vorbei, in der
ich Dir lange Briefe schreiben könnte. Schade, sehr
schade. Ich sehe keine Lösung. Ein langer Brief an
Dich, und ich kann ihn Dir nicht schicken, das macht
mich rasend. Doch mit meinem musealen PC (der nicht
online ist) und mit dem veralteten schwachen Tablet
werden mir die Hände gebunden, die Zeit der "grossen"
Briefe ist wohl leider vorbei; ich kann mit meinen
"elektronischen altertümelnden Geschwüren" nicht
mehr viel machen.

Meine Zeit läuft aus, ab. Ich kann nur noch wie ein
Höhlenbewohner meine Gedichte kritzeln, ich verliere
wohl bald alle Verbindungen zur Welt. Ich bin mit den
Geräten längst nicht mehr up to date. Neues zu kaufen,
habe ich kein Geld, zudem hätte ich das Wissen nicht,
neue Systeme zu installieren.

Ich habe jetzt eine Woche lang jeden Tag stundenlang
gekämpft, um eine neue SIM-Karte zu bekommen, da
meine Bonität anscheinend nicht mehr gegeben ist. Nun
bin ich erschöpft. Man will mich zu Tode knüppeln. Ich
mag nicht mehr.

Herzlich grüsst Paul

22. 2. 2018

Lieber Ludwig

heute gibt es beim alten Kanonier Gisi einen Mozart-Abend; aus meiner Sammlung von 170 Mozart-CDs wähle ich nach dem Zufallsprinzip ein Werk von ihm aus; was es auch sei, es ist das richtige. Dazu lese ich in Dostojewskijs „Die Dämonen", die mich wiederum in Bann schlagen, fast fiebrig begeistert, mich aufwühlt, entflammt.

So höre und lese ich mich durch die Nachmittage und durch die Nächte. Seit ein paar Wochen schrieb ich kein Gedicht, was mich beunruhigt; gleichzeitig weiss ich aber, es wird schon wieder kommen, solche „Durststrecken" sind mir nicht neu, unbekannt.

Dass Du einen Abend gestaltest mit Deinen Worten, beeindruckt mich, finde ich wunderbar. Du bist sehr aktiv; ich bin überzeugt, manchen Menschen wirst Du hilfreiche Worte vermitteln. Was Du machst, wie Du lebst, wie Du schreibst, ist einmalig. Ich bedaure, dass ich nicht kommen kann, doch die praktischen Hürden – Zeit und Ort – sind für mich (mit meinen Depressionen) zu hoch. Du wirst mir dann mitteilen, wie das Ganze über die Bühne lief. Ich freue mich bereits über Deinen Bericht.

Gell, Du verzeihst mir und verstehst mich, dass ich nicht kommen kann.

Jetzt gerade höre ich Mozarts „Sinfonia concertante für Violine, Viola und Orchester KV 364", auf diesen Flügeln fliege ich in den Himmel …

Dass Du Dir mit meinen Briefen derart Mühe machst und wohl tage- und nächtelang darüber „sitzt", ist für mich wunderbar, ein grosses Geschenk. Ich bin Dir existenziell und mit meiner ganzen Künstlernatur dankbar. Dieses Briefbuch in einem oder in zwei Bänden wird ein Höhepunkt meiner Laufbahn. Ich freue mich riesig darauf. Sie „verraten" dokumentarisch nicht nur viel von meinen „Tumulten", meinen Ansichten, Durchsichten, Kurzschlüssen und humpeligen Einsichten, dem Flechtwerk meiner Sprache und riffligen Sprachlosigkeit, sondern auch von der „Vielgestaltigkeit" des Briefempfängers, von Dir. Vieles ist Wort geworden, noch mehr darf in der grazilen Wortlosigkeit nur angedeutet sein, dramatisch in der Ausgespartheit ruhen. Das tönt jetzt fast etwas klinkersteinig rätselhaft, doch Du verstehst schon.

Lieber weiser Lu, ich bin kein Merkur, kein Götterbote, kein Thukydides, Geschichtsschreiber, sondern einfach ein kleiner Lyriker, dem Gedichte das Schönste des Lebens bedeuten, überhaupt die Kunst im allgemeinen; ich zähle „zum Schönsten" meines Lebens, zur Tiefenschärfe auch die Musik, Romane, die Malerei. Tischleindeckdich! Der Lyriker ist zutiefst auch ein Märchenforscher; der Märchenprinz sucht die Märchenprinzessin – und findet sie nicht. Davon zu singen, zu klagen ist die Wortfarbpalette des Lyrikers. (Ich verstehe das im weitesten Sinn, vulkanisch, in einer „Wortgeografie" der Seele.) Zwischen Hieronymus Bosch und Marc Chagall.

Alors, befahren wir mit dem Dreimastschiff die Meere, driften wir horizontwärts in die Unermesslichkeiten der Seele, verlassen wir alle bekannten Häfen, auf geht's in die Stürme, zu neuen Ufern. In den verschlammten Tümpeln der Gesellschaft, der Gegenwart ein Pirat der Weltozeane zu sein, ein Vagabund der Milchstrassen –

nun habe ich aber wiedermal von mir geredet, henu. Milchbärtige haben im Peripatos, im Wandelgang der Athener Schule, wo Aristoteles lehrte, nichts zu suchen. (Wobei ich Aristoteles mit seinen platonisierten Ideen, mit den Ideen in der Welt, eigentlich gar nicht mag, er ist mir zu dünn, zu dürftig; was soll die Einzelsubstanz als Schlussstein der Metaphysik; er ist mir einseitig zu kopflastig; wir können heute nicht mehr so tun, als hätte es Sigmund Freud und C. G. Jung nicht gegeben. Doch darüber zu berichten, zu ergänzen, einzuschränken, wäre wiederum eine grössere Geschichte.)

Philosophie ist weitgehend ein Laufgitter; ich mag keine Grenzen.

Jetzt höre ich Mozarts „Streichquartett in A major KV 464" für zwei Violinen, Viola und Cello und bin beseligt.

Ich wünsche Dir Pagoden an Gedanken und Gefühlen.

Herzlich grüsst Dein klappriger, auflüpferischer, nicht sehr resilenter (gegenüber psychischen Belastungen nicht sehr widerstandsfähiger) alter Zackenbarsch, der dennoch unbeirrt seinen eignen Weg geht.

In Liebe, Dein Paul

23. 2. 2018
Lieber Ludwig

Dank Marcels Geschick konnte ich Dir den gestrigen Brief heute senden.

Was für eine Überraschung: Ludwig Weibel schreibt seine Autobiografie, ich finde das sensationell herrlich, Deine Ankündigung ist ein Fest. Fantastisch! Was wird die Welt da alles erfahren? Du hast gewiss viele Ungewohntheiten erlebt, über die man staunen wird. Deine Kindheit wohl in einer behüteten Familie, Dein weites Sichverwirklichen, Dein geistiges Erwachen, Dein Fussfassen in der Gesellschaft, Deine Dispositionen für die Technik und die Kunst, Deine Spitzenstellungen in der Wirtschaft, Deine fragilen und "ehernen" Liebesbeziehungen, Deine intellektuellen Beeinflussungen, Deine weitausgreifenden Gedanken bis hin zur selbstständigen Seinsphilosophie und vieles, vieles mehr: ich bin schon ungeduldig auf Dein neues Schreiben. Ich will das unbedingt noch lesen, die Lektüre Deines Lebensbuchs gehört nun zu meinem Lebensziel.

Schreibst Du alles aus dem Gedächtnis, oder hast Du noch Tagebücher und Briefkonvolute, auf die Du Dich stützen kannst?

Ich wünsche Dir gutes Gelingen für dieses Projekt; Deine Menschlichkeit, Dein Charme, Dein überlegener Geist werden zur Entfaltung kommen. Dein Lebensbuch wird grossartig, einmalig werden als Chronik und Veredelung für Menschen, die auf Sinnsuche sind, die das Schöne lieben, die offen geblieben sind für alles Lichtvolle, für alle Regungen, die den wahren Menschen ausmachen.

Deine wunderbar poetische sonnenhafte, magisch kolorierte und reich instrumentierte Sprache wird Deine Erlebnisse, den Strom Deines Lebens zum Aufleuchten, Glitzern bringen, eine wahre Fluoreszenz.

Was für ein begeisterndes Ereignis hast Du mir angekündigt!

Herzlich grüsst Dein Dich bewundernder Paulo

1. 3. 2018

Lieber Ludwig

Ich bin begeistert und dankbar, dass Du Dir diese enorme aufwändige Mühe mit den Briefen machst; ich denke auch, dass diese Publikation ein Höhepunkt wird. Ich taumle jetzt schon vor Freude.

Leider habe ich seit Tagen wiederum starkes Zahnweh, ich muss wohl nächste Woche die Behandlung fortsetzen. Doch wenn mir weitere drei Zähne gezogen werden müssen, wie mich die Zahnärztin vorbereitete, habe ich kaum mehr Zähne zum Beissen, nur noch ein paar Bruchstücke vorne. Zudem ist dies für mich als Pfeifenraucher eine zusätzliche Katastrophe, denn dann kann ich die Pfeife nicht mehr einklemmen ... Meine Zahnsituation ist ein Elend.

Mein Schreibvesuv ist schon seit einiger Zeit erloschen – wann wird er wieder ausbrechen?

Ja, ich fühle mich wie Rosinante, Don Quichottes alter Klepper.

Es fesselt mich und macht atemlos, Dostojewskij zu lesen.

Salü, grüssestens Paul, der alte Zackenbarsch

(Zwei Briefe an Albert Rutz:)

2. 3. 2018

Lieber Albertulus

Du findest meine Gedichte "grotesk", was in meiner Sichtweise durchaus auch positiv sein kann. Sind nicht auch bedeutende Teile von Dostojewskijs Romanen grotesk? Ich meine, ja.

Ich habe manche kleinere Publikationen, wenig umfangreiche. Lodovico hat in den letzten Jahren ein Vielfaches wie ich publiziert, findest Du das negativ? Ich denke, da misst Du womöglich mit verschiedenen Ellen.

Es ist halt schon so, dass ich nicht für die Schublade schreibe; ein minimales "Aussenden in die Welt" gehört zu mir, ist das schlimm?

Hätte ich in den letzten zehn Jahren drei Romane veröffentlicht, so wären diese weit umfangreicher als meine Lyrikbüchelchen. Ich glaube nicht, dass die Häufigkeit meiner Kleinpublikationen Dich nervt, ich mutmasse, dass Du ein gestörtes Verhältnis zur Lyrik hast – oder eher gar keine Beziehung zur Lyrik. Doch ich finde das nicht schlimm, wir sprudelten in unsern Bricfen über vieles andere.

Du hast das Kind mit dem Bade ausgeschüttet, henu, das kann passieren. Ich glaube auch, dass Du in Deiner Rekonvaleszenz etwas "verschattet" warst, ich nehme Dir das überhaupt nicht krumm, ich verstehe das, kenne das.

In der Zeit von September 2009 bis Februar 2018 schrieb ich Ludwig über 1350 Briefe, die Ludwig nun publizieren möchte; ein Grossteil wird also kommen ... Es wird zwei Bücher füllen.

Ich schreibe vesuvisch, stosse unter grossem Druck Rauch und Feuer aus, bin dann anschliessend für eine Zeitlang erloschen.

Wie geht es Dir gesundheitlich? Findest Du zu Deiner alten lebenszugewandten Energie und Form zurück? Das wünsche ich Dir herzlich.

Vivat! Auf geht's zu neuen menschlichen und künstlerischen Unternehmen und geistigen Expeditionen; alors, gewinnen wir, weil wir's wagen.

Grüssestens, der alte Zackenbarsch Pablo

2. 3. 2018

Lieber Albertulus

Dass Du die Beziehung zu mir abbrichst, hat tieferliegende Gründe als die oberflächlich von Dir genannten, denn was Du sagtest, ist argumentativ nicht haltbar, glaubst Du selbst wohl auch nicht so ganz, denn dafür bist Du zu intelligent, zu weltoffen und zu belesen. Ein bisschen weisst Du nicht, dass der alte Zackenbarsch ein gewiefter, hinter die Kulissen sehender und nicht mehr täuschbarer Psychologe ist. Ich sage das vergnügt, ohne es weiter zu erhärten; Du darfst mir glauben – oder eben nicht.

Es würde mich freuen, Du schreibst mir wieder. Überwinde Deine Krise zu mir, ich mag Deine Briefe. Und das Thema der Lyrik werde ich weitgehend aussparen, es gibt ja noch so vieles, worüber wir berichten können. Zum Beispiel hinduistische, buddhistische Philosophie (über die Du Dich hartnäckig ausschweigst, obwohl ich Dich mehrmals darauf ansprach), Kunst. Einsamkeit. Tagebücher. Bier und Wein. Musik. Lektüre. Deine Indienreise. Meine Drehfauteuil-Vaudeville-Scharaden. Usw.

Du bist eloquent, wortgewaltig, ein Schirokko, ein flammendes Korallenriff, Deine Briefe waren immer ein Fest für mich, willst Du mich wirklich, nur weil ich ein kleiner Lyriker bin, über Bord werfen? Wenn das wahr wäre, drängte es mich fast, darüber einen Schmöker zu schreiben.

Nun, wenn Du mir nicht mehr schreiben möchtest, würde ich das selbstverständlich respektieren, auch wenn ich es für mich nicht unterlassen könnte, darüber viele Gedanken zu machen, zu Dir hin, von Dir weg. Dich würde das nicht mehr berühren.

Doch ich sage Dir offen, ich hoffe, dass Du mir bald wieder schreibst, einfach so, wie Du magst, frei und unbeschwert. Es würde mich riesig freuen. Ich würde Dir auch nicht mehr so oft schreiben, denn ich vermute, dass die Frequenz meiner Briefe Dich überforderten, ja?

Salü, Pablo

1. 4. 2018

Lieber Ludwig

Soeben schrieb mir Albert, dass er ein Exemplar unseres Briefbuchs bestellt habe.

Ich lese jetzt Briefe Hölderlins, die mich sehr ansprechen. Mit seinem "Hyperion" und besonders mit seinen Gedichten hatte ich ein Leben lang Mühe – ich habe sie immer noch –, denn sein hymnischer Pathos widert mich an, macht mich rasend; seine Verzuckerungen lebensunechter Gefühle sind nicht auszuhalten. Da sind mir die "Sprachgitter" Paul Celans viel lieber. Hölderlins Gedichte sind eine Sackgasse, auf ihnen lässt sich nichts aufbauen; auch sein überhöhter Patriotismus ist Schlagsahne.

Zwischendurch beschäftige ich mich mit grossen Komponisten.

Ich wünsche Dir herzlich einen schönen Ostersonntagabend, Dein Paul

2. 4. 2018

Lieber Ludwig

Ich schrieb heute Nacht für mein "lyrisches Testament" ein paar weitere Gedichte.

Hochinteressant, Dein Vortragsthema, ich staune. Du fokussierst die Schweizer Geschichte von 1830 bis 1848, schwergewichtig auf Reinkarnationen von namhaften Persönlichkeiten; Reinkarnationen heisst auch

Seelenwanderung (Metempsychose), da wäre auch von Brahmanismus, Buddhismus, Hinduismus zu reden; müsste man auch von Phytagoreern und Platon reden, vom Karman; Du wirst auch die anthroposophische Welt Rudolf Steiners miteinbeziehen – und das auf einen streng umzirkelten Bereich der nüchternen Schweizer Geschichte, das ist ein hochbrisantes NEUES Thema. Wie Du da alles unter einen Hut zu bringen versuchst, würde mich sehr interessieren. Leider kann ich nicht kommen, Du hättest einen extrem aufmerksamen Zuhörer, wenn ich auch sehr kritisch wäre.

Ich mag die Idee der Reinkarnation nicht, besonders auch nicht in geschichtlich relevanten Fakten. Doch es wäre gewiss eine bereichernde Sache, Deinem Zirkelschlag zu lauschen, Dein Vortrag wird bestimmt etwas Besonderes.

Herzlich grüsst Paul

7. 4. 2018

Lieber Ludwig

Ich lese Hölderlins Briefe, er wächst mir mehr und mehr ans Herz.

Mein eignes Schreiben ist zusammengebrochen, diese Schritte ins Ausweglose martern mich. Doch ich weiss, es kommt wieder besser.

Liebe Grüsse, Paul

13. 4. 2018

Lieber Ludwig

Beim Gesamttitel "Dein Auge ein Diamantfink" hatte ich immer ein Unbehagen, ist dies doch e i n lyrisches Bild, das meine Gedichte nicht vollumfänglich abdeckte; die Selbsterfahrung und Weltimagination, der ich auf der Spur war, meine poetische Metaphysikkritik in individuellen verfallsgeschichtlichen Bildkompositionen, die lyrische Weltwahrnehmung in Harmonien und Dissonanzen, sprechen anders. Ich muss mit dem Stethoskop meines Gefühls und meines bruchstückhaften Wissens alles nochmals untersuchen. Höchstwahrscheinlich nenne ich meine neuen Gedichte jetzt "Im bittern Schatten", was eine Grundbefindlichkeit ausdrückt. (Ich kann nicht so tun, als hätte ich keine Depressionen, wenn ich natürlich auch nicht konkret darauf zurückkomme, davon rede.)

Gedichte von Weltgeltung sind eigentlich niemals heiter, lichthell, eher dämonisch-lasziv gewittrig, dunkel, ja tragisch. Licht"mystik" ist mir ein bisschen zu jahrmarktkarussellklingklangbunt, die Mystik von Johannes vom Kreuz ist auch eine Mystik der Dunkelheit, der Nacht, des Nichtwissens. Grosse Lyrik – wie von Georg Trakl, Paul Celan, Nelly Sachs, Gottfried Benn, Christine Lavant oder Ingeborg Bachmann – ist dunkel, rätselhaft, verzweifelt. Lyrik hat niemals mit Erbauung, mit Trostspenden zu tun. – Ich möchte einmal einen Essay schreiben, was Lyrik (für mich) ist. Ich würde da grenzensprengend weit ausholen.

Ich muss bei meinem neuen Lyrikband noch da und dort die Reihenfolge, die mir konditionell wichtig ist – in der Abfolge von bildhaften Seinskonnotationen –, ändern. Es gibt also noch mehr zu tun, als ich dachte.

Du, Ludwig, wirst staunen, denn ich habe viele Teile in Grossbuchstaben eingebaut – damit jene Menschen, die nur Grossbuchstaben zu lesen fähig sind, auch etwas zu lesen haben, hahaa. Nein, das hat sich kompositions-technisch wie von selbst ergeben, ich staune selbst.

Bis bald wieder, grüssestens der alte Zackenbarsch Paul

15. 4. 2018

Eine kleine Schnurrpfeiferei, kennst Du den Verfasser?
(~ ~ ~~ ~ natürlich vom Zackenbarsch ~~~~~)

Aus dem Leben
Herrn Schnupflochs

Herr Schnupfloch, mit vollem Namen Adrian Archibald Sebastus Schnupfloch, war ein Mann gegen die vierzig hin, mit ungeheuerlichen Ausmassen, kurzen Beinen wie zermatschte Säulen, einem Körper wie ein Elefant, plumpen wulstigen Armen, verfetteten Händen mit wurstdicken Fingern, einem plumpuddingschwabbligen kurzen Hals, auf dem ein kleiner vollmondrunder Kopf wackelte mit schweinsschwartenartigen Backen, wuls-tigen Lippen, eine aufgedickte knorplige knotige rü-benartige Nase, schier augenbrauenlos; seine schre-ckensschwarzen Augen über tränensacktranigen Au-genringen waren wie eine Darmverschlingung, völlig leblos, wie Lumpenreste, seine borstigen Kurzhaare hatten etwas von einem kranken Dackel, um es kurz zu machen: Herr Schnupfloch war kein Adonis.

Da zog der Frühling ins Land, und Herr Adrian Archibald Sebastus Schnupfloch fühlte sich liebeslustabenteuerlich, er sass wie ein röchelnder Molch, wie ein aufgequollener Flusskrebs wie gewohnt in seiner erfolglosen staubigen Anwaltskanzlei und sagte sich, nun muss sich alles ändern, ich will nicht mehr allein sein, ich will eine zierliche schlanke junge Frau freien, schliesslich bin ich alt genug und doch noch nicht wacklig abbröckelnd altersschwach und die Schulden sind auch nicht derart hoch, dass sie meinem Liebesglück abhold sein müssten.

Gesagt, getan. Er zwängte sich in einen gross gemusterten Anzug, band sich einen schönwetterwolkigen schnuckligen schlumpsigen Schlips unter sein schwabbliges Doppelkinn und ging, ein munteres Liedlein pfeifend, in eine Vorstadtkneipe, er wollte Bekanntschaft schliessen. Das Lokal war leer. Das macht nichts, sagte er sich, das wird sich schon noch ändern. Er bestellte Schweinshaxe und knuddelige Knödel, das Liebesfest muss mit einem plumpsenden Festessen begonnen werden, dazu trank er einen schlucksenden Landwein.

Schnupfloch muss wohl eingeschlafen sein, denn als er zu sich kam, standen rund um ihn die Stühle auf den Tischen, und es scheint, obwohl er sich ungewöhnlich soigniert fühlte, dass er es verpasst habe, eine Göttin zu finden und zu freien.

Am andern Tag sass Herr Adrian Archibald Sebastus Schnupfloch wieder in seiner schmierigen Anwaltskanzlei, wie immer als alternder kolossartiger Trampel – doch der Frühling war ja noch nicht vorbei.

Lieber Ludwig

Du bist der grösste Seinsphilosoph aller Zeiten; es gibt kein Nichtsein, kein Nichts. Ich als kleiner Lyriker rede vereinzelt auch vom Nichts. Wo ist der noch nicht embryonale Mensch? Ist das zu "materialistisch" gedacht – obwohl ich überhaupt KEIN Materialist bin? Ich liebe Visionen und künstlerische Sinnlichkeiten, liebe die Illuminationen des Seins. Doch bereits Demokrit sinnierte über das Nichts – "Das Etwas ist nicht mehr als das Nichts", er sprach auch vom Nichtseienden. Hegel und Husserl philosophierten auch über das Nichts; was Heidegger dazu sagte, ist Schmonzes, leerer, überflüssiger Kram. Sehr ernst nehme ich Jean-Paul Sartres epochemachende phänomenologische Ontologie "Das Sein und das Nichts".

Rudolf Steiner hat sich zum Nichts – expressis verbis – nicht geäussert, oder irre ich mich da? Für Nietzsche war das Nichts nur am Rande erwähnenswert, er war zu sehr dionysisch, wild tobend seinsbegeistert.

Millionen von Buddhisten sehnen sich seit Jahrhunderten nach dem Nirwana, ins Eingehen ins NICHTS.

Ich wäre Dir sehr dankbar, wenn Du einmal in ein paar ruhigen Minuten darauf eingehen könntest, ich bin sehr offen dafür. Du bist mir da viele Denkschritte voraus.

Einmal schriebst Du mir, fürs Sein gibt es kein Nichtsein – "das Sein tickt anders". Ich habe viel darüber nachgedacht; wenn es ein Sein gibt, und das gibt es, gibt es logischerweise auch das Nichtsein – doch die Logik greift da zu kurz? Ich weiss es, Du kannst darauf erhellende Worte schreiben. Deine Bücher, die ich kenne, gehen auf diese Problematik nicht ein, Du hast anderes vor. Du instrumentierst, orchestrierst das Sein in seinen Harmonien, in Klängen der Lobpreisung, in einer poetisch vielfältigen nuancierten Doxologie, die Verstand und Herz vereinen. Das ist unfasslich wunderbar. Ich zähle Deine Bücher zum Weltkulturerbe.

Rudolf Steiner beschäftigte sich mit der Erkenntnis der höheren Welten (teilweise in Geheimwissenschaften), wie ist es da denkerisch möglich, "das Nichts" auszuklammern? Da hat Glauben oder Nichtglauben etwas zu tun – oder wie siehst Du das? Mir ist jeder Glaube suspekt.

Wir wollen das Sein besingen – eingedenk, dass es auch ein Nichtsein gibt (um es paradoxal auszudrücken). Doch Du siehst das anders, ich wäre Dir dankbar, wenn Du mir dazu ein paar Worte sagst, die tief in mich einfallen werden.

In der Kunst, in der Philosophie wie in der Religion hat das Diskursive ausgespielt, es geht um Elemente des Wahns, des Koans – eine Zen-Erfahrung –, um eine allen zugängliche Mystik, um Transzendenz, Transparenz, um die Versinnlichung des Geistes. Im Luftleeren ist wirklich nichts ausser dem Nichts ...

Ich würde dazu gern ein Wort von Dir vernehmen. Du weisst dazu viel mehr als ich.

Herzlich grüsst Dein kleiner Lyriker Paul

(Ludwig schreibt an Paul:)

Lieber Paul

Was Deine Fragen über das Sein betrifft, kann ich Dir folgende Überlegungen offenbaren:

Der menschliche Verstand hat natürlicherweise die Tendenz, das Leben umfassend erklären zu wollen. Dabei versteift er sich auf Begriffe, die wohl auf der Verstandesebene gültig sind, nicht aber auf der Ebene des reinen Seins, wo andere Gesetze gelten. So können die Verstandesmenschen mit gutem Recht vom Sein und damit eben auch vom Nichtsein reden. Über der Verstandesebene aber gibt es keine Dualitäten. Da regiert das eine reine Sein, aus dem alles hervorgeht was ist, und zwar der materielle wie auch der geistige Kosmos. Auch der Schriftsteller Paul Gisi bekommt viele seiner grossartigen Ideen aus dem geistigen und hochintelligenten Kosmos heraus geschenkt. Das weiss er eigentlich nicht, aber er wird es wohl ahnen, denn auch er pflegt die tiefe Meditation über die Dinge des Lebens.

In dem Mass, in welchem sich der Mensch in den geistigen Kosmos hinaufschwingt, fühlt er sich bewusster in seinem Sein und damit in Raumesweiten, die seine Fixiertheit auf das winzige körperliche Dasein um Unendliches übersteigen.

Zur Präexistenz ist zu bemerken, dass alle Wesen in erster Instanz eine Verkörperung, eine Sichtbarmachung des reinen Seins bedeuten. Das Sein schafft die materielle Grundlage für sein Erscheinen, umhüllt sich als Geistwesen mit Materie und gefällt sich im Individuum darin, sich freien Willens zu entfalten. Das aber geschieht über Jahrtausende in diversen Verkörperungen, in welchem der Mensch Karma schafft, das er in den nächsten Leben wieder ausgleichen muss.

Warum? Durch seine Eigensinnigkeiten schädigt er die Idee der vollkommenen Menschlichkeit, die er verwirklichen soll. Seine Sehnsucht gilt aber stets dem Vervollkommnen dessen was ist und was er selber schafft, auch in Gedichten.

Die Präexistenz ist also das reine Sein und dann die erste Verkörperung und dann folgen die vielen Leben, bis das Individuum erkennen kann, dass es ja das reine Sein ist. Und in dieser Erkenntnis kehrt es auch zum reinen Sein zurück, von dem es ausgegangen.

Es gibt einen Meditationssatz vom LW, welcher die ganze Situation mit wenigen Worten schön beschreibt, wie folgt:

Ich bin das Wesen ewiger Glückseligkeit
hinabgestiegen in den Traum des Lebens
und erwacht in ihm zum Sein in Freud und
unnennbarem Frieden.

Das ist jedes Menschen glückerfüllendes Erkenntnisziel:

Ich Bin das Sein an dieser Stelle des Erscheinens.

Lu

26. 4. 2018

Lieber Ludwig

Ich habe mich von meinem Wortzusammenbruch bereits wieder aufgerappelt, schrieb heute mehrere Stunden an meinem neuen Gedichtband. Ich nenne ihn "Nullisotherme"; die Nullisotherme ist die Linie durch alle Orte m mit 0 Grad Celcius mittlerer Jahrestemperatur. Es wird mein wahnsinnigster, schwerstverständlicher, komplexester, seltsamster, formal tollkühnster, egomanster, bildgewaltigster, dunkelster, "künstlerischster" Lyrikband meines Lebens - ABSOLUT UNVERGLEICHBAR.

Die drei ersten Kapitel heissen": I Dein Auge ein Diamantfink, II Im bittern Schatten, III Schritte ins Ausweglose. Am vierten Kapitel arbeite ich noch (Titel noch nicht bekannt).

(Dieser Lyrikband hiess dann schlussendlich «Aus düsteren Flammen».)

Ich habe das "spirituelle Element" verloren, dafür fand ich mich in den sensualistischen, existenziellen Erd- und Weltallharmonien, auch in den Dissonanzen, die vom Tod herkommen. (Ich bin als Lyriker halt nun mal ein Sensualist.)

Je mehr man Weiser wird, umso weniger ist man Lyriker. (Das ist ja schon ein Aphorismus.) Der Lyriker muss mit den persönlichen, ichbezogenen Belangen, Ausgeliefertheiten unrettbar, nicht heil- resp. - veränderbar verstrudelt sein und bleiben, sonst wird er Denker, Lehrer, Prediger. Der Lyriker hat keine Mission, er ist GESTALTER des Lebens, der nicht zählbar vielen Wirklichkeiten, und diese Redeweise ist mys-

tisch, surreal, alogisch, fern jedes Religionsbehaftet-
seins. Sicherheiten taugen nichts. Es gilt, die Welt im
Wort neu zu entwerfen – und die kann unmöglich allzu
optimistisch sein (ausser man wäre blind). Der GEIST
des Menschen ist eine grosse Sache, doch ich meine,
für den echten Lyriker ist es entscheidender, sich an
den Vogelzug, an Schmetterlingsblütengewächse, an
die rochengezähnte Nachteinsamkeit, an das Liebeslust-
feuer zu halten, an die kleinen Dinge im Kosmos. Der
Lyriker muss seine ureigene Sprache finden, sonst
plappert er in Plattitüden, ist er abgedroschener Werbe-
texter, nicht der Rede wert. Was schon gesagt ist, lohnt
sich nicht nochmals zu sagen. So gesehen, hält vor
meinen Augen wenig Bestand. Neunzehntel aller modernen Literatur ist lächerlicher Schrott. Und gute Lyrik
ist seltener als Gold. Auch gute Prosasätze, die nicht
beödend langweilig, nichtssagend, völlig blöd sind,
sind selten. Heute wird der massenneurotische Stumpfsinn zur geilen Sensation hochgeputscht, Literatur ist
zur vertrottelten Werbung verkommen, Bestsellerautoren mit einem IQ eines Tölpels werden reich, obwohl
sie nichts als Sirup liefern.

Nun, was kümmert uns diese massenwahndebile Welt!
Du schreibst vom Weltgeist im Ich, ich schreibe meine
Gisiaden.

Herzlich grüsst Paul

Nachbemerkung

Nun liegen meine Briefe an Ludwig zwischen Oktober 2009 und April 2018 zum Hauptteil in zwei Büchern vor, mich überrumpelt das. Ich war ein Leben lang ein funkensprühender ekstatischer Vielbriefschreiber, mit vielen bekannten und «unbekannten» Menschen, vorab natürlich mit Künstlern. Doch aus persönlichen Gründen zog ich mich seit vielen Jahren mehr und mehr von fast allen Beziehungen zurück – oder die Briefempfänger waren meiner überdrüssig geworden. Meine Energien reichten nur noch dafür aus, meine Gedichte, die mir das Allerwichtigste waren, zu schreiben

Mit zunehmendem Altern lernte ich Ludwig kennen, es ergab sich dadurch, dass er einen Lektor für seine Bücher suchte, für mich war das ein Fest, ich war auf dem Höhepunkt meiner Möglichkeiten und Fähigkeiten als Korrektor. Dadurch ergab sich mit Ludwig eine Beziehung, ein Briefwechsel, der sich ins Existenzielle auswuchs, aus Trümmern meines Lebens und in zunehmender Kenntnisnahme seiner Bücher in eine Bewunderung seiner poetischen, wortmusikalischen Seinsphilosophie einmündete. Wir begannen locker und stimmungsverwandelnd brieflich miteinander zu kommunizieren. Ludwig verhalf mir zu eigenen Publikationen; wir trafen uns auch zu «transkontinentalen» persönlichen Begegnungen.

Mir sind die «Fingersätze» des Lebens längst nicht gewohnt, bekannt, dennoch übe ich sie in den Konvulsionen meines Lebens, meiner Reverien, meiner Stalaktitengewölbe der Nacht. Übe sie in den Sandspuren des Vergessens, des Wiedererinnerns im Wort.

Mein Leben bleibt ein Ritornell, ein sich mehrfach wiederholender Teil eines Musikstücks, das ich nicht auffinden kann …

Manchmal wurden meine Gisiaden Jeremiaden, das habe ich bewusst, ja gar mit Freude gepflegt.

Ich habe Ludwigs Seinsphilosophie leidenschaftlich gern meine Türen geöffnet.

Paul Gisi